小説

十字架の女

〈神秘編〉

①

大川隆法

Ryuho Okawa

小說 十字架の女①〈神祕編〉

（一）

警視廳搜查一課的山咲順一聽到那個傳聞，已經有一個多月了。

事件發生在廣尾的有栖川公園。

在一個人影漸稀的初夏黃昏，突然，一聲年輕女子的尖叫響徹了樹林。

附近的三名男女聽到聲音趕過去的時候，沒見到女子的身影，反而看到一個身強體壯的男人眼球暴突、口吐白沫的倒在地上。現場明明應該有個女子才對，然而並沒有。而且地上的男人腰帶散開著，褲子半褪，企圖侵犯女性的醜態昭然若揭。不，從男人的衣著上看，甚至還殘留著他倒下前曾差一點就要予以侵犯的證據。

屍體送去做鑑定了。照理說受害人應該是一名女性，但實際上被送去驗屍的，似乎是一名到六本木遊玩的美國海軍陸戰隊隊員。

這匪夷所思的案情令刑警山咲一頭霧水。

「把美國海軍陸戰隊隊員殺了，唔，也有可能是正當防衛，至少案發現場應該有個日本女性，在被害人休克死亡後逃走了。就算她是個空手道、合氣道之類的功夫高手，被一個海軍陸戰隊隊員壓住掐緊脖子的話，恐怕連五分鐘也撐不住。可是，在聽到尖叫聲的短短兩、三分鐘之內，從附近路口趕過去的兩名男性和一名女性到達現場時，卻沒發現女人的蹤影，反倒是看見一個身高接近兩百公分的男人，衣著狼藉的死在那裡。現場沒發現刀傷、彈痕，也沒有雙節棍、繩子之類的兇器。難道是被電擊致死？可是勘查現場時，讓女警官試著模擬襲擊柔道五段的男警官，結論是根本不可能。」

案發現場只留下了女人被推倒在土地上的痕跡和一枚襯衫鈕扣，推測應該是在纏鬥中被扯下來的。

「如果有被刺傷的血跡殘留下來就好了啊。」

山咲刑警不願讓案子發酵成外交事件，絞盡腦汁地想破案，可是線索實在是太少了。

那天晚上，他做了一個夢。夢裡他在天上飛，正好是從廣尾的十字路口橫跨飛躍公園的上空。俯瞰大地，能看到漆黑的樹林。是的，就是那片梅樹環繞的空地。那位遭到海軍陸戰隊隊員的襲擊，被推倒在地還能瞬間殺死他，再冷靜地逃走，沒在對方身上留下一絲淤青和傷痕，也沒造成內臟破裂的日本女性，到底存不存在呢？還是說，她有超能力？如果真的是那樣，這案子對警察來說真是太棘手了。

誰知沒過幾天，台場也發生了類似事件。

一名沿著海邊往砲臺遺跡方向跑步的運動員，同樣是口吐白沫、沒有半點傷痕的仰倒在地上，變成了一具屍體。

對方只有一個人，沒用武器，也沒投毒，卻採取某種手段一擊即中，把一個壯碩的男性撂倒在地，之後若無其事地向台場的電影院方向走去。

從死者的尿道裡充斥著精液這一點推斷，遇害的運動員恐怕也曾侵犯過女性。

到底是連續殺人案，還是偶發性事故？又或許兇手是個穿女裝的男性？畢竟近年來，單從外表已經很難斷定性別了。

還有一種可能，兇手說不定是個像死神一樣的變態男。他偽裝成女性，用某種手段吸引對方來侵犯自己，再趁機把他送去另一個世界。要是全盛期的李小龍換上女裝站在海邊看風景時，被某個笨蛋運動員從背後偷襲的話，李小龍應該能秒殺他。

但是，理由呢？是為雙親報仇，還是報復奪愛之恨？連作案動機都不清楚，又如何談緝凶呢？「難道是外星人幹的？」不不，就算時代再怎麼變化，那也不該是刑警考慮的範疇。作為搜查一課的最強ＩＱ，山咲的大腦開始全速運轉。

（二）

案情撲朔迷離，完全理不出頭緒，甚至沒辦法召集警視廳搜查一課的全體成員開會。於是，由山咲順一（三十歲）擔任組長，另有過足道滿（二十七歲）和女刑警岡田由利（二十五歲）共三人組成調查小組，開始祕密偵查。過足道滿，從名字上能看出些許端倪，他自稱是平安時代的陰陽師——蘆屋道滿的後代；也不知是真是假。

他是京都大學宗教系的高材生，畢業後去了一家ＩＴ界的新興企業就職。誰知那家公司兩年後倒閉了，他只好重新找工作，想找個能發揮他「空手道三段」特長的職業，結果沒想到竟被警視廳看中了。而之所以選擇過足道滿，是因為近期某些可惡的宗教團體頻頻興風作浪，與ＩＴ相關的詐騙案件也時常發生，警視廳高層考慮到刑警部門應該增加一位性格多少有些古怪的人，這樣或許更有利於工作。

而說到岡田由利，因為父親曾是銀行駐外人員的關係，國、高中時代是在紐約度過的。後來，擁有日英雙母語的她去了東京外國語大學念書，覺得上課沒意思，瘋狂迷上了推理小說。她能在三分鐘之內說出一百種殺人方法，是個所謂的宅女。

因為這次事件始於美國海軍陸戰隊隊員的死亡，根據推斷，不排除被害人或者說嫌犯是外國人的可能。假如這個人擅於計畫殺人，那麼岡田由利作為推理小說的狂熱愛好者，她的宅女腦袋就有可能發揮作用。山咲暗自琢磨著，必要的時候可以讓由利充當誘餌，引誘嫌犯現身。

如果遇襲的是個外國女人，山咲甚至想過讓由利把頭髮染成金色的。又或者說，被害人有個男性同伴，她故意引誘對方來襲擊自己，再讓男同伴伺機從背後上前殺掉目標，就像電視劇《必殺仕事人》裡演的，手持五寸針一招斃命的殺手。要真是如此，岡田由利那扮起外國人來毫無破綻的樣貌正好派上用場。

說起來，山咲自己為了研究殺人方法，也把《必死劍・鬼爪》的DVD翻來覆去看了好幾遍。電影裡的劍術高手在城中殺死惡毒上司，用的就是絕招「必死劍・鬼爪」。他在走廊裡與惡毒上司擦肩而過的一瞬間，用藏在手中像針一樣細小的小刀猛然地刺入對方心臟。身穿武士禮服的老家臣突然倒地，屍體上半點刀傷也沒留下。法醫驗屍也查不出什麼，只能用「心臟病突發」來搪塞。這種招式妙就妙在殺人不見血，劍豪不必動刀就能置人於死地。
在常去的拉麵店裡，山咲試著問岡田由利：「有沒有辦法在不暴露自己的前提下，在走廊擦身而過的一瞬間殺死可惡的上司？」
由利脫口而出：「披上透明斗篷。」「變成隱形人。」「在茶裡摻進一小時後才會發作的毒藥騙對方喝下去。」「引誘男人襲擊自己，一邊裝成被害人，一邊用強力膠帶封緊口鼻讓對方窒息而死。」「嗯，還有就是，像《必殺仕事人》裡那樣，把長針刺進目標的心臟裡之類的吧。」她接著說道：「除了這些還可以施展黑魔法，咒死他也是有的啦。」「在這方面，道滿君是專家啊！」不愧是岡田由利，腦子轉得真快。
至於山咲順一本人，他在小學時代被稱為神童，中學念的是在東大應屆錄取率日本第一的筑波大學附屬駒場國、高中。可惜後來成績一落千丈，沒考上東大，也沒去成早稻田和慶應，只好重讀了一年，考進筑波大學。明明是筑波大學的附屬高中，去筑波大學念書的全年級只有山咲一個人。由此可見，「愛國心」、「愛社心」、「愛校心」之類的已經從日本消失了。倘若當初山咲順一能從筑波大學附屬高中考進東大法律系的話，將來當上警視總監或者警察廳長官也不是夢。可是他現在不過是一個公務員，能晉升到中層就不錯了。何況當年他落榜重讀也是因為上學的時候過於沉迷劍道的緣故。高三那年他拿到了劍道三段，本以為能受到祝賀，哪知朋友們卻說他「肯定考不上大學。考不上駿台預備校也考不上好大學，頂多去個二流大學。」。去唱KTV也被戲稱是「鐵定落榜派對」，作為懲罰節目，山咲還被迫唱了三遍輝夜姬的《二十二歲的離別》。

朋友們的預言成真了。整個年級就他一個人去了筑波大學，山咲一肚子火，決定當一名警察。他看著那些走向仕途的朋友們，心想：「小心我逮捕你們。」山咲的目標是當刑警，他沒上過補習班，能發揮劍道三段優勢的工作唯有這個了。只不過喝醉了的時候，他總叨念：「看來老子是沒法當上警視總監了啊！」

因此上司和同事經常故意叫他：「喂，山咲警視總監！」山咲心裡不服氣：「少瞧不起人，我的水準可一點也不比警視總監差。」

就在此時，過足道滿衝了進來。

「組長，發生了第三起謀殺案。」

山咲：「地點？」

過足：「在代代木公園。」

山咲：「說說被害人的樣子。」

過足：「手裡握著內衣碎片，臉朝上，口吐白沫，眼球突出，已經死了。」

岡田由利說：「終於出現內衣了啊！這下可以懷疑是與性犯罪有關的連續殺人案了吧？」

組長山咲吞了一口口水，發出命令：「馬上出發！」

目的地當然是案發現場——代代木公園。

（三）

關於岡田由利這個人，再多說幾句吧！

光憑腦力可幹不了刑警。她從在紐約念中學的時候開始，練了十幾年的極真空手道。從小到大，父親跟她講了太多關於極真空手道的開山祖師——大山倍達的英武事蹟。她去受訓的道場是大山的得意門生開的，岡田由利還從那裡聽到了更不得了的事情。極真空手道與普通的空手道不同，訓練時不會點到為止，雖說免不了受傷，但確實比其他空手道、柔道要厲害得多。傳說中的祖師大山倍達能徒手砍斷玻璃啤酒瓶的細長頸，能僅用單手的拇指和食指對折十日圓硬幣，還能把體型巨大的美國摔跤選手打倒在地，甚至還能夠抓住牛角把水牛扔出去。

有一年，為了驗證極真空手道到底有多強，極真空手道三段的黑人選手威利．威廉姆斯曾經跟被捕獲的食人熊進行了一場對決。

當時，熊被堵住了嘴，獵槍會的數名成員舉著麻醉槍圍繞在四周，看上去是有點不公平的感覺，但被一頭直立起來接近三公尺、重達數百公斤的熊從兩側猛擊或者打中頭部的話，是極有可能喪命的。

對決的結果令人瞠目。極真空手道三段一記飛踢，殺死了食人熊。由利就是因為聽說了這件事才決定練習極真空手道的。畢竟在紐約，搞不好會有性命之憂，單純的運動項目不足以作為防身術來保護自己。由利現在是二段。她正找機會要跟空手道三段的過足道滿比一場，發誓要徹底打敗他。所以，假如自己被美國海軍陸戰隊隊員襲擊了，由利有自信能在五分鐘之內制服對方。如果那幾起命案的兇手是個會功夫的女性，她的作案動機是類似「武士試刀」，故意引誘強大的男性襲擊自己，再以正當防衛為由打倒對方的話，由利就更想跟那個兇犯比試身手了。

然而擔任組長的山咲順一想的卻不太一樣，因為他從案情中感受到了某種超自然力量。

其實，之前山咲就從名古屋的同事那裡聽說了一件關於神祕修女的事。在名古屋市的東區有一座「布池教會」，號稱是規模最大的教會。

幾年前，一名失憶的年輕女孩踏入了這座教會。據說，那一天是個雷電交加的風雨夜。她來到教會之後，最初在一間販賣聖保羅修道會書籍的小書店裡工作，也會跟年輕的修女們一起烤餅乾，在週日禮拜的時候販賣。

就這樣，在身分不明的情況下，她成了一名專職修女。大家都叫她艾格妮絲，那是個明眸皓齒、年約二十四、五歲的女孩。

有一年名古屋發生大地震，教會十字架上的耶穌像出現了一道很大的裂縫。

艾格妮絲跪在十字架面前禱告：「主啊，如果您願意，請復活吧！」於是，傾斜的十字架重新筆直地豎了起來，耶穌像的裂縫也啪的一聲合攏，恢復了原樣。

山咲還聽說，艾格妮絲為了救一個四歲的落水兒童，在大聲哭喊的母親面前，行走於河面上並救起了孩子。那段影片被爭相轉發，因為是從背後所拍攝的，看不清楚臉，只見在黃昏時分，她像是滑行一樣，在河面上快步行走。更讓教會吃驚的是，當她問一個坐在輪椅上的九十歲老人：「您願意信主嗎？」並將老人浸到噴水池裡，老人竟然從輪椅上站了起來，變得行動自如了。

類似的事情發生了太多，漸漸地，大家都開始叫她「聖艾格妮絲」。

然而，任何一個世界都存在嫉妒。東京的大主教聲稱艾格妮絲身上恐怕存在著「惡魔的力量」，還命令她到東京來。從那以後，艾格妮絲就失去了蹤影，名古屋的教會向警方遞交了搜尋失蹤人員的申請書。根據調查，艾格妮絲確實坐上了前往東京的新幹線。山咲的朋友猜想，現在她可能換掉了淺灰色的修女服，藏身在偌大東京的某個地方。所以山咲跟朋友打了個招呼，請他一旦發現了超自然事件時記得告訴自己。

名古屋的「點」和東京的「點」，未必可以馬上連成一條線。

但這名神祕的修女，已然在順一的腦海中牢牢佔據了一個角落。

只不過作為一名現代刑警，在缺少物證、目擊者以及當事人供詞等的前提下，是不能妄斷事件性質的。

一陣風拂過櫻田門附近的林蔭道。不知不覺中，已經悄然入秋了。

（四）

「組長！」

山咲順一聽到有人叫他，轉身一看，原來是穿了一身粉紅色的岡田由利。山咲身高接近一百八十公分，穿著厚底鞋的由利站在他面前卻不顯嬌小，身材高䠷得像個外國女子。

山咲：「就算我說過要扮情侶扮得像一點，哪有一身粉紅再繫條黃絲巾的？再說了，雖然妳才二十五歲，好歹也是個刑警，妳是打算穿著那雙厚底鞋去追捕犯人？」

岡田：「哎呀真是的，犯人自有山咲警官去追嘛，我只負責偽裝成你的約會對象。極真空手道在緊急關頭，雙腿就是武器。我雖然打不死吃人的熊，要是對準山咲警官的心口飛踢一腳，恐怕你會沒命。我感受不到想被攻擊的費洛蒙。對方可都是體格強健的男人呢。今天我的任務就是偵查和充當誘餌，我們隨便走走，當作是拋我這個餌，去釣犯人這條魚。要是犯人真有男性共犯，看到我們說不定會上鈎的。」

山咲：「隨便妳吧，可是我們不去公園，來橫濱中華街幹嘛？」

岡田：「哎，快看，就是那裡、那裡。那是個有名的占卜師，還上過電視呢！要不讓他算算犯人是誰？」

於是，他們二人走進了一間形象最有長老風格的占卜師的店。

岡田：「哎，你能算出我跟他會不會結婚嗎？」

長者占卜師：「請寫下姓名、生日和職業。」

由利依言寫了假名「山下佐由利」，年齡二十六歲，職業寫的是芭蕾舞演員。

占卜師活像是一副戴眼鏡的消瘦蟾蜍模樣，下巴上留著鬍鬚。他目不轉睛地盯著由利的眼睛，一語道破：

「妳是個不擅長撒謊的人啊。妳是女警吧？」

由利：「呀，露餡了？話說，我們到底適不適合結婚啊？」

長者：「這個人，是正在想方設法追捕犯人的，你的上司。現在不是談婚論嫁的時候。」

既然已經被一眼看透，也就沒必要裝下去了。

山咲乾脆直接問：「請您算算，我能不能找到犯人，犯人是女的還是男的，有沒有共犯？您能不能運用靈感，提供一些線索？」

長者：「再交五千日圓，我就把線索告訴你。」

「我們薪水很少的，這錢又不給報帳……」山咲一邊嘟囔，一邊從錢包裡掏出了五千塊。

「咳咳」，占卜師清了清嗓子，開始搖籤筒。

長者：「唔，對方不是普通人，是個超越了男女性別的存在。唔……而且，對方完全遮蔽了我的透視術。你要是想追捕那個人，變成屍體的反而可能是你自己。」

山咲：「可是我不但配槍，還有權以妨礙公務為由進行逮捕。」

長者：「沒用的。我看到，明年會舉行你的葬禮，到時候穿著喪服給你上香的，就是這位冒牌芭蕾舞演員。」

占卜師不想跟案子扯上關係，話說到這兒便不再開口了。

不過，最後還是提醒了他們一句：「對方不是該被打倒的敵人。你應該與之同悲。要說線索，我唯一能告訴你的是，那是個超越人類之人。」

山咲：「什麼叫『超越人類之人』？」

長者：「你去大型書店的精神世界專區找找答案吧。」

占卜師不再理睬二人，他們去橫濱的公園裡繞了半天也一無所獲。由利提議去有隣堂書店看看，走進店裡，他們發現在宗教書籍專區，一位名叫「大川隆法」的作者的著作，佔滿了整個書架。

「『畢業於東京大學法律系』，他是山岸警視總監的學長啊。要不我們去找搜查一課的中山課長問問能不能見到他本人？」

一個星期之後，在新大谷飯店的包廂裡，山岸隣太郎警視總監正與一位看上去比他年輕些、具有藝術家氣質的男人，進行極機密面談。

山岸：「大川學長，大學時代在東大本鄉校區的七德堂練習劍道時承蒙指導，多謝您了。就我那點水準，現在竟然當上了日本劍道聯盟的會長，實在是汗顏之至。」

大川：「你的劍道風格是正面出擊，直來直去，但我發現你有個毛病，總在出擊前眨眼睛。可能你是想掩藏戰術意圖吧，不過只要看一眼你的腳姆趾和劍尖就什麼都看出來了。」

山岸：「記得有次跟大川學長交手，我使出飛面的招式，本以為得手了，可是回過神來才發現學長早已閃到了我的身後，真是甘敗下風。」

大川：「那年我們的比賽你擔任先鋒，但很快就敗下陣來，我再怎麼努力也沒能打破關東地區四強的紀錄。不過話說回來，國士館大學的確實力強勁啊！」

這時，和室拉門被輕輕拉開，女服務生端來了壽喜鍋。

二人暫時停止談話，等服務生離開之後，山岸再度開了口。

山岸：「學長，我想知道那個連續殺人案的嫌犯，到底是個什麼樣的人？」

大川：「你有『信仰心』嗎？那才是解開謎團的關鍵。沒有『信仰心』，就找不出犯人。」

之後二人又聊了聊學生時代的往事，最後分別離開了飯店。秋意霎時又更濃了幾分。

（五）

活在世間之人只有兩種。

一種認為靈魂寄宿於肉體；而另一種，則「信奉」肉體即自身，所謂的靈魂、心靈之類的，無非是大腦和神經的作用而已。

聖艾格妮絲的視線落在公園裡的那片波斯菊上，茫然坐在長椅上沉思著。

儘管她換下了修女服，可是牛仔上衣搭配裙子的裝扮，連女職員的樣子也不像。

以前，聖艾格妮絲曾在電視上見過日比谷公園裡的「過年村」。除夕的時候，有些志工在這裡為那些因不景氣而窮困潦倒，不得不露宿在日比谷公園裡的流浪漢們做年夜飯。那麼現在，如果自己流落在這裡，會有善良的人來關心自己嗎？還是會被警察當成離家出走的人抓起來？即使已經習慣簡樸的生活，可是也不願意擺出一副滿不在乎的樣子被召之即來，被帶到東京大主教座下，當眾檢驗是否被惡魔附身。聖艾格妮絲陷入了迷惘，不知該怎麼辦。

於是她先去找了工作，在一間名叫「日比谷花滿」的花店裡打工，時薪九百日圓。由於失去了記憶，以往的經歷自己也不清楚，所以應徵的時候她想了一套說詞，說自己是愛知縣金城學院女子短期大學畢業的，念的是護理，父親去世以後母親也再婚了，所以孤身一人來東京找工作。

她也隱藏了名字，說自己叫「野村鈴」，反正在花店的打工跟名字、經歷也沒太大關係。

不過，女店長遠藤多重還是看出了些什麼：「小鈴，妳修剪花枝的樣子真靈巧，插花時亭亭玉立的模樣也很有魅力，就像在祈禱一樣。總感覺妳像個不願被爸爸逼著相親，才從家裡逃出來的大小姐。」——店長一定是個很好的人吧。

有一天，公園裡發生了搶劫案。午休時間來公園散步的一個女職員，突然被穿一身黑的男人搶走了皮包。聖艾格妮絲，不，野村鈴，撿起腳邊的一塊碎木頭朝男人砸了過去。木頭好像沒砸中，可是不知道為什麼，那個男人卻摔倒了。女職員追了過來，旁邊的上班族們上前抓住了那個搶劫犯。

「明明神明都看著啊。」小鈴輕聲說道。

小鈴認為，世間每個作惡的人都應該接受懲罰。正因如此才存在永恆的靈魂，這也是天國和地獄存在的理由。

那麼是不是總有一天，神會告訴自己為什麼會因為突然遭遇禍事而受到沉重的打擊，以至於失去記憶？

為什麼在名古屋地震的時候，自己能用祈禱的力量修復十字架上的耶穌像？

為什麼當聽到母親的哭喊聲趕去河邊救溺水的孩子時，自己明明是想跳進河裡的，卻竟然能在河面上行走？

為什麼當自己問「您願意信主嗎？」，不良於行的老人一浸到噴水池的水就能走路了？

明明自己做的都是好事，明明自己只是相信神而已，卻為何要被懷疑身上有惡魔的力量呢？人心真的是很難捉摸。

就在此時此刻，野村鈴的身影被鎖定在兩個男人的視線裡。

一個是坐在噴水池邊的過足道滿刑警。他看得清清楚楚，小鈴砸搶劫犯其實並沒砸中，但是搶劫犯卻像是被木頭絆倒了，這才被公務員模樣的男人們抓住了。

看到這一幕，過足不禁想：「難不成……」

與此同時在另外一邊，還有一個男人看著野村鈴。他頭戴墨鏡，身形高大，就像是電影《ＭＩＢ星際戰警》裡的人物，只見他唇邊浮起一絲冷笑：

「終於，找到妳了。」

說完他拿起手機，不知在聯絡誰。

這人其實是隸屬防衛省的祕密組織「ＭＩＢＪ」，也就是「ＭＥＮ　ＩＮ　ＢＬＡＣＫ　ＪＡＰＡＮ」（日本星際戰警）的成員，前島密男；他也正在尋找從名古屋布池教會出發，來到東京後失蹤了的聖艾格妮絲。

當然了，前島密男的目的不是逮捕她，而是奉「ＭＩＢＪ」局長高橋秀樹的特別命令，要在警方抓到她之前搶先帶走她。世間罕見的超能力者不但可以幫助防衛省逮捕間諜，說不定還能在軍事上發揮作用。美國、中國、俄羅斯等國家已經在利用超能力者的力量突襲恐怖份子，他們想讓日本在這方面縮短差距。

而過足道滿也接到了警視總監的密令，要破解迷霧重重的連續殺人案來捍衛刑警威信，並要找到聖艾格妮絲。

於是，防衛省與警視廳之間的暗鬥拉開了序幕。

（六）

幾個月前，聖艾格妮絲到達東京車站的那一天，是個春雨濛濛的雨天。不湊巧的是，她沒帶傘。聖艾格妮絲的口袋裡大概只有七萬日圓，要是去住商務旅館的話，加上伙食費，差不多也就能撐個一週、十天。

艾格妮絲隱約記得，很久以前曾到過東京修學旅行。可是，關於雙親、學校的事情已經想不起來了，連與同學們有關的記憶也沒留下。

在那個狂風暴雨的夜晚，渾身濕透的她，一邊痛哭著，一邊狠狠揪住長長的黑髮，奔跑在坡道上。

血順著雙腿流到了腳踝。水手服樣式的校服被撕破不知扔在了哪裡，她全身上下只剩下一件襯裙。連內褲都沒穿的她，被埋伏在暗處的四個男學生強行拖到車庫裡輪暴了。被犯罪奪走貞潔的女性多麼可悲，內心湧出的不甘和羞恥幾乎要將人吞沒。

每一道落雷在夜空中炸開的時候，她都大聲哭喊：「神啊，求求您，殺死那四個混蛋吧！」就在那時，一道光閃過附近的一棵老櫻花樹。是雷擊。她在雷聲轟鳴中昏了過去。

醒來的時候，她已經被送進了教會。修女們一邊祈禱，一邊在身邊照顧著她。

三天過去了，這段記憶從她的腦海中消失了。過於沉重的打擊讓她連自己是誰也想不起來。只記得自己呼喚了神的名字之後，教會救了她。

「一切等妳恢復了記憶，或者家人來找妳的時候再說吧，妳先在這裡好好休息。」晨曦中，六十多歲的修女長望著她，溫柔地微笑。

過了些日子，逐漸好轉的艾格妮絲開始做些打掃清潔、烤餅乾之類簡單的工作。

有時候她也去義賣會幫忙，借此尋找認識自己的人。然而，沒有一個人知道她的來歷。那些侵犯她的傢伙好像是慣犯，沒留下半點證據，令警察也束手無策。

可是總有些聲音揮散不去：

A：「這傢伙竟然還是個處女。」

B：「都上高中了還沒嘗過男人的滋味，也太慘了吧，上她！」

C：「今天都靠我引誘得好才能得手，老子得排第一個。」

D：「喂，我們四個輪著來，一個人僅限三分鐘啦。」

衣服被撕破了，無論怎麼尖叫「好痛！住手！」也無濟於事。哪裡有什麼快感。在她眼中，這些人就是惡魔。

A：「會留妳一條命啦。」

B：「喊什麼喊！」

C：「男女談戀愛都幹這事嘛。」

D：「話說這傢伙長得還不錯，但胸上竟然長了個胎記，真夠噁心的，誰願意要她當女朋友啊。」

放蕩不堪的聲音交雜在一起。

「沒有人來救我。神為什麼會允許這樣惡毒的混蛋活在世上呢？如果我有個男朋友在身邊保護我，也不至於……」

思緒如麻，拉扯著她的每一根頭髮。

但是，一切都過去了。她要在教會裡洗去生命中的污穢，去擁抱嶄新的人生。

從此她將自己與世俗隔絕，一心誦讀聖經，在十字架上的耶穌像前虔誠祈禱。

四季幾番更迭輪轉，仇恨漸漸從她的臉龐褪去。

有一天，艾格妮絲在聖母瑪利亞像前祈禱時，不知是不是偶然，她竟然看到瑪利亞像流下了血淚，彷彿是在為自己而哭泣。從那時起，聖經裡描述的幾個奇蹟開始在身邊真實地發生了。

雖然有人加以讚許，但也有人認為一個遭受過輪暴，全身上下只剩襯裙昏倒在雨中的人，怎能當聖女呢？這些聲音傳到東京以後，大主教下令要親自一探究竟。

那麼，這樣的自己該怎麼在東京活下去呢？就在艾格妮絲站在雨裡不知所措的時候，一個漂亮的女性撐傘走來為她遮住了雨，親切地邀請：

「今天妳來我家住吧。」「就在五反田，很近的。」

她看上去大概二十七、八歲的樣子，聲音好聽得能替商家招攬客人。

「好吧，暫時先跟她走吧。」

艾格妮絲把運氣交給上天安排。她的命運齒輪，開始緩緩地轉動了起來。在一個公寓的房間裡，收留她的五反田女人為她煮了一碗泡麵。

蒸騰的白色熱氣裡，閃爍著細碎的希望。

（七）

五反田的女人既親切，又帶點江湖氣，有點大姐頭的感覺。她住的是一棟屋齡二十年的公寓，多少有些舊了，不過室內倒是收拾得整潔乾淨。裡面一共兩個房間，一間大概三坪大小附廚房，另一間差不多是四坪大的客廳兼臥室，勉強住得下兩個女性。

艾格妮絲問五反田的女人該怎麼稱呼，對方回答：

「叫我小節就行了。我是節子，多管閒事不拘小節的節。妳叫艾格妮絲？我們兩個都是有故事的人啊，肯定是的。」

艾格妮絲又問：「那，我該做些什麼呢？」

節子：「房租就免了，平時幫我打掃房間，工作晚歸的時候給我做個宵夜什麼的就行啦。畢竟光吃泡麵對身體也不好。我會在電視機上放個大錢包，妳可以買些需要的東西。不過裡面沒多少錢，只有三十幾萬日圓。」

據說，她好像在五反田附近的一家小酒館裡受雇當媽媽桑，店裡除了她，還有店長、調酒師等幾個人。

節子：「哦對了，還有一件事，我抽煙太凶，好像得了肺癌。要是哪天突然死了，妳就把我送去公營的火葬場燒了，骨灰撒到東京灣裡去。妳是修女吧？是從哪個教會逃出來的吧？還是說，妳身上這套修女服，是秋葉原系的哪個修女主題咖啡廳的制服？」

艾格妮絲：「秋葉原系是什麼？我聽不懂。不過，我確實是從教會裡逃出來的。」

艾格妮絲簡單說了自己的經歷，說起自己似乎被男人們襲擊、在雷擊中昏倒，醒來後發現名古屋教會的修女們正在照顧她；說起是東京的大主教把她叫來，結果現在她變成了東京版的「迷途的羔羊」。謹慎起見，艾格妮絲隱瞞了關於奇蹟的那些事。

節子：「修女的話，恐怕不適合在酒館工作。不過我喜歡有故事的女人。我衣服借給妳，要不要來我們店裡打工？傍晚過來工作三小時。要是我死了，說不定店裡還會正式雇妳呢。」

艾格妮絲：「節子小姐死掉……我絕對不會讓妳死的。既然神救了我的命，節子小姐這麼關心我，神一定也會幫助妳的。」

節子：「哎呀，我可不是基督徒啊！我信奉的是保佑生意興隆的稻荷神，我們店裡還時常做些稻荷壽司販賣呢。」

休息了一天之後，來到東京的第三天，艾格妮絲走進了節子工作的那間名叫「立花」的酒館。

店裡還沒有客人來，只有上唇蓄著鬍鬚的店長、調酒師和招攬顧客的二名男店員。

店長：「小節，這女孩不錯啊。就說她是在費里斯女子學院念書的大小姐，偷偷跑出來打工的，怎麼樣？」

節子：「她笑起來可好看啦。可惜不怎麼笑。清冷高傲女助理的形象可能比較適合她。」

店長：「那，花名就叫『娜塔莉』吧。」

這時候，叮鈴一聲鈴響，一個業務員打扮的男人和一個退役拳擊手模樣的男人走進了店裡。

小節帶他們坐進了U型的紅色沙發，店長「先給客人上瓶啤酒」一聲令下，於是在有些幽暗的酒館裡，搖身變成女服務員的「娜塔莉」端著啤酒走了過來。她把啤酒和酒杯放到桌子上準備回到吧檯的時候，店長遞來一個眼神，讓變身娜塔莉的艾格妮絲和小節二人各坐一邊，故意把客人夾在中間。不知該做什麼的娜塔莉先給客人倒了杯啤酒，抬頭看了看小節，只見她坐到了業務員打扮的男人旁邊，兩人大腿緊貼一起。

就這樣過了五分鐘。鈴聲又響了，進來兩位戴黑色眼鏡的男人。他們是負責在店外招攬客人的店員。這二人分別坐在節子和娜塔莉的外側，堵住U型沙發中間的兩個客人的去路。

兩個客人害怕了：「這是個什麼店啊？聽熟人說，一瓶啤酒就要了他十萬日圓……」

這時，店長打了個響指，店內猛然地亮了起來。調酒師瞬間兇神惡煞地瞪著他們：「看見店門口貼的那張紙了嗎？」

那紙上寫著：「陪酒酒館，一瓶啤酒十萬日圓。」在化身娜塔莉的艾格妮絲的認知裡，怎麼可能存在「敲詐勒索的暴力酒吧」這種東西呢？

兩個客人之中的那個業務員以前打過籃球，身高一百八十六公分，在日本男人裡算是魁梧的了。另一個號稱是前職業拳擊手的人，叫囂著自己曾拿過羽量級冠軍。

「喂，一瓶啤酒十萬日圓，兩瓶就要二十萬，怎麼說都算是敲詐勒索了吧。」

招攬顧客的男店員立刻擺出黑社會的架勢，威嚇道：「還讓女孩子陪你們喝酒了呢！不只是啤酒錢！」

前羽量級拳擊冠軍站起身來，從桌子上跳了出去，衝著招攬客人的一個男店員就是一記右勾拳。男店員的嘴唇被打傷了，滲出了血珠。

店長喊了聲「接著」，將一把日本刀遞給了調酒師。男調酒師拔出刀，把刀鞘丟到了一邊。

調酒師：「我倒要看看你的拳頭和日本刀哪個更厲害。」

業務員拉住了退役拳擊手，他們放下二十萬日圓就連忙逃出店外。

節子：「娜塔莉，妳能接受在這樣的店裡打工嗎？」

艾格妮絲：「我還沒搞清楚狀況……」

艾格妮絲感覺到，她和節子的室友生活不會太長。

（八）

「敲詐勒索暴力酒吧」裡發生的一幕確實令艾格妮絲動搖了，那已經算是犯罪了吧！

然而如今的艾格妮絲，並沒有足夠的勇氣立刻從節子的公寓搬出來。小節說：「沒什麼好大驚小怪的，只是為了活下去，從老色胚手裡搶錢而已啦。那些傢伙全都緊盯著我的胸部和屁股不放，我不過是為了提前阻止動機不純的性行為，要罰他們錢而已。」

艾格妮絲：「不會引來警察嗎？」

節子：「警察只管那些性犯罪的大案子，像我們『立花』這樣的小酒館，警察還恨不得趁著休假的時候，特地來店裡摸我的胸部呢。」

艾格妮絲：「喔……男人的性犯罪我也很痛恨，卻不知道該怎麼懲罰他們。」

節子：「要是妳接受不了暴力酒吧，馬上改成占卜酒吧也是可以的啦。話說，妳是有一些靈感的人吧？」

一語道中。自己確實擁有某種靈能力或者說超能力。可是它們總在突然間冒出來，自己既不清楚可不可以控制它們，也不確定占卜得準不準確，能不能幫顧客解決煩惱。

小節跟店長商量了一下，先讓暴力酒吧停業一週，暫時改成「占卜酒館」試試。要是碰上難纏的客人，就讓男店員們對付他們。既然如此，艾格妮絲決定鼓起勇氣試試看。

節子不知從哪裡找來一套魔法師風格的衣服，還給艾格妮絲編造了一個人設，把她捧成是「前修女占卜師——娜塔莉老師」。

隔天，新店開張的「占卜酒館『立花』」裡，娜塔莉坐到了她的特別座位上。

一聲清脆的鈴響，兩個男人走了進來。一個是健碩的黑人海軍陸戰隊員，另一個是擔任翻譯的日本人。

翻譯問店長：「這裡是『占卜酒館』？」

「是的。我們也能為外國人占卜運勢什麼的。」

翻譯：「占卜費怎麼算？」

店長：「酒水、點心加簡單占卜是十萬日圓，有特殊需求的話，小費另計。」

海軍陸戰隊員尼克爾說：「幫我算一算。看看我會不會死在戰爭裡，將來能不能成家之類的。」

翻譯：「我說店長，這個人可是負責北韓導彈應對問題的重要人物，你們可得幫他好好算算。」

談話之間，身高近兩百公分的海軍陸戰隊員和翻譯安澤，一屁股坐到了娜塔莉的面前。

娜塔莉靜靜地合掌，向神祈禱了一會兒。

尼克爾：「我會不會因為基地被導彈襲擊而死？」

娜塔莉：「你不會被導彈炸死的。」

尼克爾：「看來我運氣不錯。」

娜塔莉：「可是，今年之內會發生令你的雙親悲痛萬分的事情。」

尼克爾：「車禍還是什麼？」

娜塔莉：「不，不是的。你在沖繩的美軍基地服役時，侵犯過兩名日本少女吧。兩次都逃回了基地才沒被日本警察逮捕。」

安澤：「這傢伙現在在橫田基地，妳怎麼知道他在沖繩工作過？」

娜塔莉：「是生靈。他身上附著兩個少女的生靈。」

安澤：「喂，尼克爾，這個占卜師說的是真的？」

尼克爾沒有回答。

尼克爾：「妳沒證據。我是在沖繩待過，那時候不過偶爾去風俗店玩玩而已。」

娜塔莉：「不，你侵犯了兩個女高中生。你會受到神的懲罰的。或許，說『詛咒』更貼切。」

這時，節子接過了話頭。

節子：「娜塔莉老師，不如到此為止吧。」

娜塔莉：「啊，是嗎，那就說到這吧。畢竟我也不是沖繩的警察。」

調酒師也順水推舟：「喝杯啤酒，把十萬日圓付了就請回吧。」

尼克爾：「荒唐！這種爛占卜竟然要十萬日圓，你們是在敲詐吧！」

娜塔莉：「可是你確實侵犯了兩個反對邊野古基地搬遷的女高中生。一個女生遭受侵犯時被你掐住了脖子，而另一個女生，你甚至把她的內衣當成戰利品拿回了基地。警察應該已經接獲報案了，你得要反省。」

娜塔莉全說中了。翻譯感到狼狽至極。占卜師娜塔莉接待的第一個顧客，口口聲聲：「不，我沒幹過！」，但翻譯安澤卻主動另外加了小費，付了二十萬日圓。

娜塔莉：「謝謝。不過，請你留意『十字架』。下次要是你侵犯了身上帶十字架的女性，你一定會死的。」

這個海軍陸戰隊員在一週之後，成大字形口吐白沫，死在了廣尾的有栖川公園。

（九）

兩三個星期後的一天，一個男人晃晃悠悠地進了「占卜酒館『立花』」的門。他的西裝穿得邋裡邋遢，領帶也扯得鬆鬆垮垮，年紀大概二十七、八歲的樣子。

「燉芋頭、味噌燙蘿蔔、魷魚圈。再來瓶清酒。」

節子接了單：「好的。」

節子：「看您點菜，口味挺老派啊，是典型的日本口味。」

男客人：「聽說這裡能占卜？以前不是陪酒酒館嗎？」

店長：「光靠小節的身材無法吸引客人上門，就換了種生意。」

男客人：「敲竹槓升級成詐欺了，是吧。」

調酒師：「別說得這麼難聽嘛。」

節子：「哎呀，真失禮。」她一邊應付，一邊跟艾格妮絲咬耳朵：「小心，可能是警察。」

男客人：「你們這個占卜，算得準嗎？」

店長：「很準的，反應可好了。來店的客人也多了。」

男客人：「哦！那，失蹤的人也能算出來？」

店長：「根據重要程度和緊急性的不同，占卜費也不一樣。看您像是薪水不高的樣子，幫您算便宜點。」

談話之間，店長也嗅到一絲刑警的氣息。

男客人：「別看我這個樣子，祖先可是陰陽師。據說我是安倍晴明的後代呢。你們幫我算算吧。」

節子：「這位就是以前當過修女的娜塔莉老師。」

男客人：「有個熟人突然死了，我想知道他在那邊過得怎樣。」

娜塔莉：「呀，您是一個很有信仰心的人呢！」

男客人：「最近周圍死了好幾個人，難不成我跟死神結了緣？妳能不能幫我算算？」

娜塔莉：「請稍候。我向神請教一下。」

男人把娜塔莉從頭到腳打量一遍，隱隱約約感覺到這是個漂亮的、宗教修為頗深的一個人，可是衣著打扮卻像是天方夜譚裡的人物，令他捉摸不透。

娜塔莉：「雖不至於像在葬儀社工作的人數量那麼多，但您的四周確實遊蕩著死者的靈。」

男客人：「什麼樣的靈？」

娜塔莉：「大多是猝死的人。」

男客人：「難道是被暴力組織盯上了？五反田一帶確實有『本山組』之類的惡勢力。」

娜塔莉：「警官，您這是在查案，還是個人興趣？」

男客人：「什麼警官啊，別開玩笑了。我就是個整天加班的上班族，正考慮要不要辭職轉行，也當個占卜師呢。」

娜塔莉：「您是一個不擅長說謊的人啊。是在搜捕犯人吧？死於非命的。」

男客人：「連這都算出來了？看來不是詐騙。我雖然是安倍晴明的後代，不過，我跟妳可能有緣。」

娜塔莉：「我是一個沒什麼學識的女人，不懂什麼是陰陽師，也不知安倍晴明是誰。不過，我知道您在京都住過一段時間。」

男客人：「哇，厲害啊。沒錯。我是京大宗教系畢業的，因為我喜歡宗教。」

娜塔莉：「咦，您對網路也感興趣吧。」

男客人：「越來越有意思了。娜塔莉，妳還算出了什麼，全說出來吧。」

娜塔莉：「您今天來，是因為聽說暴力酒吧改裝成了占卜酒館而特別來調查我的，對嗎？」

節子：「娜塔莉老師，不要以身涉險。」

店長：「對，對。我們不是什麼暴力酒吧，也能對著天地神明發誓，絕對沒幹過值得警察懷疑的事情。」

男客人：「有個從名古屋來的擁有神祕力量的修女，到了東京以後下落不明。既然妳以前是修女，知道什麼消息嗎？」

節子：「您問什麼呢？她是我表妹，東京本地人，是費里斯女子學院的女學生，她只是在這裡打工的啦。」

男客人：「有個外國男人死在了廣尾。給死者當過翻譯的日本人曾提到過『五反田的女占卜師』、『十字架』什麼的，所以很多教會現在都在接受調查，我也在尋找『五反田的女占卜師』。」

娜塔莉：「神在祝福您。但說謊可不好。我聽神說到了一個名字，讀音好像是『如巫到滿』，不知那是什麼意思。」

男客人：「天哪。我的名字是過足道滿，蘆屋道滿是我祖先。」

娜塔莉：「不管怎麼說，由於您的面前出現了敵人，您所尋找的人不會對您敞開心扉的吧。」

店長：「好了，客人該回去了。這位客人，如果您還來，今天的帳單包含小費一共是二十萬日圓。如果您不再來了，那您付五萬日圓就好。」

道滿：「我是搜查一課的過足刑警。這是執行公務，一毛錢都不給。」

調酒師：「啊，吃霸王餐可是犯法的。要不要把他抓去附近的目黑警署？」

道滿：「今天這些就夠了吧。」說著，他放下兩千日圓就閃出了店門。

「她確實擁有靈感。可惜其他的今天沒看出來。」男人嘟囔著，氣衝衝地離開了占卜酒館。

（十）

這是位於六本木的一間酒吧。刑警山咲順一和岡田由利偽裝成情侶，一邊飲著摻水波本威士忌，一邊不動聲色地觀察店裡的情況。

山咲：「聽說來這裡的日本女人專找外國人請她們喝酒，然後再一起去飯店開房間。」

岡田：「照這麼說，來這裡的外國男人相當於有預謀的性侵罪犯，那麼女孩子就是準性侵受害人囉。這其中說不定會有跟連續殺人犯相關的人呢。」

山咲：「話說，我真不願相信竟有年輕女孩會被外國男人迷惑。要說起來，我寧可相信有些年輕的女孩子，會依靠著中年男人給自己買皮包買首飾，也就是那個所謂的『爸爸活』。那種心情多少還能理解，女大學生想要個ＬＶ包什麼的。」

這時，咯喀一聲門響，走進來兩個女大學生。其中一人是個美人胚子，只是胖了些，身體腫了一圈，看樣子的確是外國人的菜；另外一個畏畏縮縮的，好像有點緊張，是個高挑的女孩。

聽她們聊天，像是在說有個神經大條的朋友，前幾天下午兩點左右在回家路上等紅綠燈的時候，背在身後的手提包裡的學生證和錢包被偷走了。

過了一會兒，又進來了一個英國黑人和一個法國白人。二人都是高大魁梧型的。

令人驚訝的是，那個微胖的女生用法語，高䠷女生用英語，正流利地跟他們交談。

山咲：「喂喂，外語說得這麼好的女孩子，竟然為了被搭訕，特地跑到這種酒吧裡來？也太離譜了吧！」

岡田：「我這個歸國子女，也覺得那個說英語的女生多益程度有八百分呢，這水準出國留學也完全沒問題。像她那樣的女孩子，去跟菁英男們聯誼多好呢，完全有希望釣到金龜婿啊！」

山咲：「跟我這個非菁英男假扮情侶，委屈妳了啊！」

岡田：「怎麼會呢，山咲先生是東大錄取率日本第一的筑波大學附屬駒場高中畢業的吧？全年級一百六十個人裡面，將近一百個考上東大，而且應屆畢業生的東大錄取率，連開成高中也比不上呢。」

山咲：「說起這個就更不好意思了。我們那個年級念了筑波大學的只有我一個，有個拿過諾貝爾獎的校長還生氣說『從附屬高中考進來的只有一個是怎麼一回事！筑波附屬駒場高中和筑波附屬國高中都給我從東京搬過來』，結果遭到高中方面的強烈反對，最終也沒實現。可笑吧，全年級就我一個有愛校心。」

岡田：「啊？還有這回事啊。可是山咲先生不是天資聰穎的那一種嗎？聽說當年還同時被開成中學錄取了。大家都說，山咲先生是『與警視總監擦肩而過的男人』呢。」

山咲：「我的黃金時代在小學就結束了。」

岡田：「不過入職五年就當上警部補，應該算是平步青雲了吧。」

山咲：「我有個高中同學，東大法律系畢業後才入職一年就升警部補了。真氣人。可惡！以後我非要在劍道大會上贏個全國冠軍給他們瞧瞧。」

談話之間，那個二十一歲左右的胖女孩已經隨法國男人離開了。而另一個高䠷女孩還在用英語周旋，試圖摸清對方的底細。那個男人怎麼看都像是英國間諜。

好像在說什麼「要真是間諜，就趕緊掏錢釣女人上鉤啊。」

山咲和岡田二人嘆了口氣，「唉，看來今天白來了。」

就在這時候，一段對話傳進了耳朵，他們聽到那個英國黑人正在調查廣尾的美國海軍陸戰隊員被殺案。由於死者是反北韓導彈組的成員，他推斷死者遇害可能是落入了北韓的圈套，否則在公園裡被推倒的女性根本沒有能力秒殺對方。

山咲：「原來驚動了007啊。看來日本的公安也開始行動了吧。」

岡田由利站起身，帶著微醺的姿態，在吧台旁跟「007先生」聊了起來。

岡田：「你覺得那個黑人海軍陸戰隊員是怎麼死的？」

英國男人：「可能是毒藥注射吧。」

岡田：「怎麼注射的？」

英國男人：「北韓會用毒蜘蛛。把蜘蛛的毒液事先注入到念珠項鍊上的十字架裡，像針一樣刺進人體。倫敦就發生過一個類似的案例。」

山咲：「可是，有個日本運動員在台場被殺，還有個有案底的持刀搶劫犯被殺死在代代木公園。這幾起案子很難認定是北韓間諜幹的，之間的關聯性太小。」

英國男人：「搭訕到此結束吧。你們是刑警吧。哎呀，真可怕。」說著就走出了店外。

被拋下的女人目瞪口呆。

就在此時，從赤坂方向響起巨大的爆炸聲。

酒吧老闆打開了電視。

NHK正在插播緊急報導。

「首相官邸遭受了疑似超音速導彈的襲擊。官邸陷入火海，由於下午六點以後官員們都回去了，館內空無一人，因此沒有人員死亡。另外，事件發生時正在官邸泡澡的田畑首相，因浴室玻璃被震碎而遭碎片割傷，所幸無生命危險。現在，防衛省、自衛隊和美軍正針對事件進行分析。據悉，導彈從北韓發射，蛇行飛行約十分鐘後落地，新型愛國者三型飛彈來不及攔截。稍候將繼續報導詳細情況。」

出大事了。

（十一）

刑警野山滿從名古屋來到了東京。他此行的任務正是尋找失蹤的修女，於是跟山咲的小組見了面。

過足：「五反田有個擁有超能力的女占卜師，以前是個修女。我去見過她，看上去不像是會殺人的人。難道真的跟暴力組織有關？」

野山：「艾格妮絲修女曾經用念力，讓因地震傾斜的十字架上的耶穌像恢復原貌，連耶穌像上的裂縫也修復好了。她為了救落水兒童，像耶穌一樣在河面上行走。還有，她面對一個坐輪椅的九十歲老人一邊祈禱，一邊讓他浸嘖水池裡的水，然後老人竟然行動自如了。在名古屋，人們甚至都在猜想，艾格妮絲會不會是耶穌或者聖母瑪利亞再臨呢？」

過足：「聖母瑪利亞？」

野山：「對對，我還聽說，教會裡的聖母瑪利亞像為艾格妮絲流過血淚呢。」

山咲刑警插了一句：「看來這個案子有可能超出了搜查一課的工作範圍，得組織一個電視劇《ＳＰＥＣ》裡的那種特別調查組，再搭配一個像戶田惠梨香那樣的女刑警才行。」

岡田：「我這麼平凡真是對不起了呢，不過我好歹跟《ＳＰＥＣ》的當麻刑警一樣，是留美歸國呀！」

過足：「好了好了，妳幹嘛瞎起哄，身為陰陽師的後代，這方面當然是我最精通了嘛。五反田的那個女人說她叫做修女娜塔莉，可能不是失蹤的艾格妮絲。不過，她的降靈術可是實在的，並不是欺詐。既然她不太可能是犯罪嫌疑人，不如讓她協助我們搜尋艾格妮絲如何？」

山咲：「『東京心靈搜查官』嗎？看來，我是越來越不可能進入菁英階層了啊。」

過足：「別這麼說，組長。這個案子可是警視總監親自下達指示的，要是能解開被害人的死亡謎團，一舉抓住兇手，『警視總監獎』就是囊中物啦！」

野山：「對了對了，還有一條線索，據說艾格妮絲修女是在一個暴雨夜被教會保護的，被救的時候她身上只有一件襯裙。由於遭遇到與性侵相關的事件，她受到嚴重打擊，失去了記憶，連自己是誰都不清楚。」

過足：「五反田的娜塔莉是個清麗的漂亮女孩，我清楚地記得她是東京人，是費里斯女子學院的學生。」

野山：「還有件比這些更重要的事，首相官邸的導彈襲擊事件現在怎麼樣了？」

山咲：「我們只負責調查國內的恐怖事件，這次導彈是從北韓發射來的，應該歸外務省、防衛省負責。好像北韓又是那一套，聲稱是氣象衛星發射失敗導致的事故。」

岡田：「事故？那瞄得也太準了吧，直接襲擊首相官邸啊！恐怕是威嚇才對吧！」

山咲：「聽說已經發出嚴正抗議了，防衛省和自衛隊簡直顏面掃地。」

野山：「首相在幹什麼？」

山咲：「他被嚇著了，害怕住在醫院裡又被飛來的導彈襲擊，現在住在東京都市中心的飯店裡，每三天換一個地方。」

過足：「他還下令緝捕北韓間諜，單靠日本保安特警隊忙不過來。而且最近連醫院和學校也遭殃，被網路攻擊，只是消息被隱藏了。」

岡田：「是呀，有八家銀行都暫停了提款業務，四國地區的醫院的醫療記錄被駭客攻擊，只好暫時用手寫代替。還有昨天晚上，附近的小學大半夜的發警報，說是『發生火災，請保持冷靜立即避難』，警報連播了整整二十分鐘呢。結果等消防車趕來了，又廣播說是『操作失誤』；以前從來沒發生過這樣的事。」

山咲：「莫非，跟俄羅斯在烏克蘭的特別軍事行動有關？」

四個人在麻布的燒肉店裡聊了很久，也算是為從名古屋來到東京的野山刑警接風。

山咲的手機接到一通電話：「打開電視。」於是請店裡的人搬來一台小型電視機。

轉到ＮＨＫ頻道，正在播報新聞：

「青森海域上，三艘魷魚捕撈船遇襲起火，襲擊方疑似是從北方領土的方向飛來的噴射機或者神祕飛行物。據推測，此次事件疑似是俄羅斯針對田畑首相的對俄經濟制裁所做出的反擊。

據稱，首相將在國會地下庇護所召開機密的部長級緊急會議，會議地點沒有向媒體透露。醫生團隊發佈消息稱，首相疑似因日前的導彈襲擊患上了ＰＴＳＤ（創傷後壓力症候群），目前尚不能做出準確判斷。」

「這下熱鬧了，接下來還有俄羅斯啊。」大家抓抓頭皮，每一件全是超出警方能力範圍的事情。

（十二）

名古屋城牆四周，櫻花已然開始綻放。由於新冠疫情還沒完全遏制，賞花的人們沒有駐足欣賞，只是像行人一樣邊走邊看。既沒人提前占好賞花的位置，也沒有人在花下飲酒作樂。

一名年逾五十的男人沿著護城河往前走著。他叫種田道夫，由於女兒在幾年前突然人間蒸發，為了尋找失蹤的女兒，他連任職多年的中朝報社的工作也辭掉了。

現在，他是一名自由撰稿人，靠妻子教歐式插花來維持生計。也有考慮過離婚，但現在還不能證實失蹤的女兒已經死了，可能是一時任性離家出走，或者是跟男朋友（假如有的話）私奔了也說不定。如果女兒還活著，總該有雙親守在家裡等她回來。種田向警察打聽過，沒有發現疑似的屍體，他更願意相信女兒還活著。女兒失蹤的前一天還跟弟弟則夫開心地打鬧，失蹤當天她應該去過學校。那天下午天氣由晴轉陰，雨從放學時間開始越下越大，到了晚上，雨已經大到變成一場猛烈的雷雨。種田猜測，女兒應該是為了躲避雷雨，在躲雨途中遇到了什麼事故或事件才失蹤的。是的，長女種田妙子才十八歲，隔年準備報考名古屋大學的法律系，立志將來要當個扶助弱者的律師。對未來充滿希望又有正義感的女兒若不是遭遇了什麼不測，怎麼可能不吭一聲就消失無蹤呢？硬要說有罪的話，在被傳聞美女少見的名古屋，女兒的白皙美貌是她唯一的罪過了。

女兒遭遇車禍的可能性已經排除了。種田道夫拿著女兒的照片，從學校沿著回家的路線挨家挨戶地打聽。他甚至想過會不會是被拐賣去了風俗店，為了不放過一絲一毫的可能，連榮町一帶也找遍了。有個在KTV遇到的男人告訴他，自己曾看到一個穿水手服的女高中生扶著一個扭了腳的男人走過去。之後，種田道夫在一個空蕩蕩的車庫裡發現了被燒毀的衣服碎片，看起來像是水手服。現場還發現了床墊和毯子，上面沾染的血是A型，跟妙子一樣，可是DNA鑑定並沒有確定是妙子的。床墊上還有其他血跡，警察說，那裡有可能是強暴犯誘拐女子的犯罪現場，可惜案發當天下過一場突如其來的雷雨，沒有任何目擊者。附近也沒人聽到聲響。距離現場大約五十公尺的地方有條坡道，那裡的老櫻花樹因為雷擊起火，但沒有發現屍體。

就在這時，種田道夫聽到了關於不可思議的「聖艾格妮絲」的傳聞。他很難想像女兒會突然變成修女。種田去布池教會找到神父，神父看了妙子的照片說自己也不敢肯定。他說，的確有個女孩叫做聖艾格妮絲，但她失憶了，不像是準備報考名古屋大學法律系的高三生的樣子。而且那個聖艾格妮絲由於身上發生了諸多奇蹟，在她得知東京的伊格納西奧大主教要她去接受審問的時候，哭著說「我沒有被惡魔附身」，接著便跑去了東京，至今下落不明。在偌大的東京尋找一個女孩子，無異於大海撈針。種田道夫自家信奉的是日蓮宗，女兒怎會突然變成基督徒呢？更別說是引發奇蹟的修女了，完全難以置信。

可是，雷雨夜裡侵犯了妙子的男人在哪裡呢？人真的會因為狂亂而喪失記憶嗎？

種田道夫還去找了野山滿刑警，以前在中朝報社工作的時候，在採訪中曾見過面。野山說，他聽說了奇蹟修女的事情，可是警方無法介入教會的內部問題。照理說，種田女兒的失蹤案是應該歸警察負責，只不過沒有線索指向「謀殺」的案子，不屬於自己的工作範圍。野山答應種田，只要發現了屍體會親自調查，而且近期自己要去東京一趟，會幫他去東京的搜查一課問問有沒有相關線索。

「妙子，妙子，妙子。」「妳到底在哪兒？」「妳還好嗎？」每天都在尋找女兒的種田道夫快要撐不下去了。他在東京晚上找個網咖湊合住一晚，白天接著尋找女兒妙子，以及認識妙子的人。

與此同時，由於五反田的「占卜酒館」引來了刑警，聖艾格妮絲離開了節子的公寓。她走在日比谷公園裡，開始在日比谷花滿打工。為了改頭換面，她剪了短髮，化妝讓膚色看上去黑一點，變成曬過日光浴的小麥色。在花店打工的時候，因為母親是教歐式插花的老師的緣故，聖艾格妮絲的品味比一般人還要好。

只是前幾天朝搶劫犯扔木頭把他絆倒的一幕，可能沒逃過過足道滿刑警的眼睛。劫匪沒被砸中卻摔倒了的情景看似是偶然，可對方畢竟是陰陽師的子孫，還是謹慎為上。

還有，聖艾格妮絲隱約感覺到有個黑衣服、黑墨鏡的高個子男人一直在緊盯自己。

為什麼我要經歷這一切？明明我連自己是誰都不知道。我也不知道為什麼會出現那些奇蹟，為什麼能啟動所謂的念力？自己是不是應該去見一見東京總部的伊格納西奧大主教，讓他來判定到底是不是「惡魔的力量」呢？當他聽到風雨夜的雷擊、被四個年輕男人侵犯、瑪利亞像流下血淚之類的事情，他一定會說我被惡魔附身了吧。現在的天主教並不寬容，尤其針對靈能力和超能力更是如此。無論地位多高，真正掌管教團內部事務、進行決策的，仍然是那些沒有靈能力的主教和大主教。他們一定會向梵蒂岡遞交信函吧？然後我就會被送去醫院做精神鑑定，最壞的情況下，甚至可能被逐出教會吧？

唉！怎麼辦？耶穌啊！瑪利亞啊請救救我！請引導我遠離一切的惡。

艾格妮絲被各方人馬尋找著、需要著；與此同時，她又迷失了自己。

這時，日比谷公園的池塘裡，紅色鯉魚一躍而起，激起水花一片。

（十三）

細雨霏霏的銀座街頭，化名「野村鈴」的聖艾格妮絲一邊走、一邊四處張望。銀座大多是風月場所，所以開在這裡的花店少說也有上千家，總能遇到一家店，有好心人願意收留自己吧。

走著走著，有人從背後拍了拍她的左肩。

聖艾格妮絲回頭一看，是一張熟悉的臉孔。

「瑪格麗特修女。」

「好久不見啊。真巧，在這裡找到妳。沒想到，妳會出現在這裡。」

艾格妮絲在名古屋的教會裡養病時，在身邊最照顧自己的，就是瑪格麗特修女。她大概比艾格妮絲年長五、六歲。

瑪格麗特：「一定是神的指引吧。我也被叫到東京來參加研習了。」

艾格妮絲：「真的是研習嗎？」

瑪格麗特：「正如妳所想，研習只是藉口，大主教每天都追問我關於妳的事。」

艾格妮絲：「對不起，連累您了。」

瑪格麗特：「這段日子妳到底去哪裡了？只憑我一個人應付不來，妳至少先去拜見大主教一下吧。」

艾格妮絲：「我終究還是會被當成被惡魔附身的人吧？」

瑪格麗特：「不管怎樣，人沒事就好。接下來我會護著妳的。」
艾格妮絲：「我應該會被要求懺悔吧？然後還要接受精神病院的鑑定，送到戒備森嚴的修女院裡度過一生吧？」
瑪格麗特：「畢竟時代在進步，已經不是發現『盧爾德聖水』的少女的年代，也不是聽了『法蒂瑪預言』的少女所處的時代，會比以前尊重人權的。」
艾格妮絲：「啊，耶穌啊，請守護我。」
不知是機緣巧合，還是神的指引，就這樣，艾格妮絲在瑪格麗特的陪伴下，要去拜見東京大主教伊格納西奧。教堂在銀座附近，她們進去搭電梯到五樓，朝伊格納西奧大主教的房間走去。瑪格麗特為艾格妮絲準備了修女服。

大主教坐在一張木質搖椅上。

二人上前，坐到了橘黃色的沙發上。

伊格納西奧：「妳就是艾格妮絲嗎？」

艾格妮絲：「是的。之前大家是這樣叫我的。現在，我用『野村鈴』的名字，在一家花店打工。」

伊格納西奧：「妳見過耶穌或者天使嗎？」

艾格妮絲：「我說不清楚。但我感受到天上界照耀下來的光，也有過恍惚感。」

伊格納西奧：「妳看過惡魔嗎？」

艾格妮絲：「沒有直接看到。但有的時候，會做惡夢。」

伊格納西奧：「是被少年們侵犯、暴風雨中遭到雷擊之類的記憶嗎？」

艾格妮絲：「或許是吧。還有突然淚流滿面、感到害怕而半夜驚醒的時候。」

伊格納西奧：「那時妳會怎麼辦？」

艾格妮絲：「我會向主神祈求救贖，唱誦耶穌的聖名。」

伊格納西奧：「妳認為自己是神子嗎？」

艾格妮絲：「不，我覺得自己是個充滿罪行的人。直到現在我仍然沒有恢復記憶，還與性犯罪扯上關係，讓四個人成了罪人，我希望能向純潔無原罪的聖母瑪利亞祈求寬恕。」

伊格納西奧：「在名古屋的教會，聖母瑪利亞像曾為妳流下血淚，是真的嗎？」

艾格妮絲：「那不過是傳言，我不清楚。」

伊格納西奧：「在地震中傾斜、有所損壞的耶穌像因妳的祈禱而復原，是真的嗎？」

艾格妮絲：「那件事我自己也不確定，不敢肯定。」

伊格納西奧：「妳為了救落水兒童在河面上行走，是真的嗎？」

艾格妮絲：「我確實一心想救他，但在網路上四處散播的那段影片或許是有人偽造的，是假的。」

伊格納西奧：「用祈禱和聖水洗禮，治癒不良於行的老人的傳聞，是事實嗎？」

艾格妮絲：「那不是我個人的力量，應該是所有相信教會的人們的力量吧。」

艾格妮絲因為疲憊，出現了些許貧血的症狀。與大主教的一問一答，可不是幾天前還在「占卜酒館」靠占卜賺錢的女人招架得住的。

瑪格麗特扶住了艾格妮絲的腰。

艾格妮絲：「大主教閣下，我是個罪孽深重的俗人。懇請您允許我像普通女孩一樣活下去。」

說完，艾格妮絲昏了過去。

「今天就到這裡吧。」大主教放她們走了。

瑪格麗特離開教會，將艾格妮絲安置在一間便宜的商務旅館。

大主教陷入了深深的無力感。

自己貴為大東京的教會負責人都沒能獲得靈能力，而偏偏一名平凡女子憑什麼能像耶穌和瑪利亞一樣創造出奇蹟？如果那些傳聞都是真的，甚至可以請示梵蒂岡，認證她是「聖人」。可是，她被男人們奪走貞潔之後，才得到靈能力的理由是什麼呢？就算她出於報復心召喚出惡魔也不奇怪。因雷擊昏倒而被送進教會，這一點也很像基督新教的情節，令人無法接受。這實在太像新教路德的信教理由了。看來寧可狠下心腸，也要再好好調查一番。

然而第二天一早，聖艾格妮絲，也就是野村鈴，從旅館逃走了。因為她實在是太害怕了。

（十四）

化名野村鈴的聖艾格妮絲從銀座逃出來，在二子玉川站下了車。她去附近的高島屋買了打五折的便宜衣服，換下了修女服。那是件深藍色底上點綴白色波點的，頗具昭和風的連衣裙。她還戴了一頂深藍色的便宜布製帽子，再加上玳瑁鏡框、沒有度數的眼鏡，這副打扮任誰也無法一眼認出她。

簡單吃了份咖喱飯後，鈴漫步在多摩川岸邊。無論今天將會發生什麼，她都不想苛責自己，哪怕只有一天，能悠閒地度過，讓自己擺脫那些煩惱。

站在橋上，能看到河裡有好幾條超過一公尺長的大黑鯉魚。她突然想沿著河岸走走，於是來到河堤上慢慢走著。時而有人騎著自行車越過她，對面還有年輕的女孩子在跑步。這裡治安真好啊，鈴想。

突然，「啊！」響起一聲尖叫。鈴循聲趕了過去。

那片草叢又高又茂密。一個穿白色上衣、橘黃色絲巾和深藍色裙子的女高中生，被四個重考生模樣的男人圍在了中間。鈴頓時感覺血往頭上衝，眼前的女孩和當年的自己如出一轍。他們不是男人，是禽獸。為了發洩與動物無異的性慾，就可以剝奪一個女孩子的未來嗎？他們以為神會一次又一次的寬恕他們嗎？鈴，不，是她，她驚訝的發現，聖艾格妮絲的心境回來了。

她還驚訝於自己竟然在不知不覺中想從河堤上跑下去。

然而沒想到的是，方才穿著側面有白線條的黑色運動裝跑步的女孩，也從河堤上跳了下來。

跑步的女孩來到四個男人面前大喊：「你們這樣也算男人嗎！」跨坐在女高中生身上的男人轉過頭，跑步的女孩一記迴旋踢，正中性侵未遂的有著狐狸眼男人的側臉；是一招低踢。

那個男人被踢飛了，是真的「飛」了出去。接著女孩轉向另一個身高一百八十公分以上、長著一副馬鈴薯臉的男人，對準胸膛又飛踢一腳，馬鈴薯男口吐白沫倒了下去。第三個跟相撲選手一樣的男人從背後制住了跑步的女孩。女孩佯裝逃走似的瞬間一閃身，緊接著一招後踢，用腳後跟狠狠踹向男人的兩腿間。男人為躲避下一招，兩手護住下體一邊防守一邊往右倒去。很明顯是練過空手道或者中國功夫的。

三人接連被打倒的時候，帶頭的高個子戴墨鏡的男人，趁機從倒在河堤邊的自己的機車上拿起一根金屬球棒，跳下來朝著跑步女孩的頭就揮了過去。

女孩在草叢上翻滾了一圈，躲開了金屬球棒。

就在這個時候，發生了令人驚訝的一幕。只見聖艾格妮絲伸出雙臂，張開手掌，口中唱誦「主啊，請賜予我力量。」

於是，沒擊中跑步女孩的金屬球棒本來該打向草地，結果竟然斷成了三截。

轉過身來的跑步女孩看到了艾格妮絲所做的一切，並輕聲說道：

「這是超自然力量啊！」

揮舞金屬球棒的男人怒了，他衝過來把艾格妮絲推倒在地，左右開弓打了她幾個耳光，又兩手抓住她新買的深藍色連衣裙往兩邊一撕，甚至還扯開了她的內衣。

這時，一個黑色的東西映入他的眼裡。兩個乳房中間，有個十字架形狀的胎記。看到那個十字架胎記的一瞬間，高個子男人眼白一翻，口吐白沫倒了下去。

跑步女孩趕了過來，她給男人量了脈搏，說，「沒脈搏了。」是猝死。

女孩名字叫做岡田由利，她是有極真空手道二段的刑警。

由利長長吐了一口氣，拿出手機說：「我先報警，叫救護車。」

講完電話，她對艾格妮絲說：「謝謝妳幫了我。他雖然死了，但不管死因是什麼，我都可以證明妳是『正當防衛』，所以不用太擔心。」

說完，她又去扶起了差點遭到侵犯而驚慌失措的女高中生。

由利轉頭看向艾格妮絲，「玉川警署的警車和救護車很快就會趕來，妳沒受傷吧？」

艾格妮絲被突如其來的變故嚇得手足無措。

由利：「我是刑警，我會處理好這件事的。妳只要把她和妳被性侵未遂的部分告訴玉川警署的人，還好妳沒受傷。」

艾格妮絲：「那個……我，是犯了殺人罪嗎？」

由利：「妳就說是出於正當防衛，在發生衝突時對方心臟病突然發作就行了，艾格妮絲。」

艾格妮絲萬萬沒想到眼前的女孩竟然是練過極真空手道的女刑警，而岡田由利敏銳地識破自己身分的眼力也令她十分驚訝。

之後，玉川警署按程序進行審訊的時候，由利的同事們趕來了。山咲順一組長、過足道滿刑警，以及另一個從名古屋來的野山滿刑警全都到了。

警署的警員們對著不安份的三個男人說：「竟敢對女刑警動手？就憑你們幾個能打得贏她？」

「不過」，玉川警署的中村巡查長問由利：「現場打死了一個人嗎？」由利回答：「那個人本來就有疾病，應該是心臟病發作吧？」君塚巡查說：「為什麼金屬球棒斷成了三截？極真空手道有那麼厲害？」

「是啊，極真空手道可是能手刀砍斷酒瓶的。」山咲組長插話。

道滿看見艾格妮絲的時候大吃一驚，接收到由利「噓」的暗示，他把話吞了回去。

山咲：「替我向署長問好。幫了岡田刑警的這位小姐，就先由我們小組帶走了。」說完便率眾人撤退。

於是，聖艾格妮絲輾轉到了山咲小組。

「是因為殺了人嗎？」艾格妮絲坐在警車裡茫然地想。

（十五）

化名為野村鈴的聖艾格妮絲，第一次走進了位於櫻田門的警視廳。在連續殺人案專案小組成立，也就是正式召開聯合會議之前，山咲小組想先進行一次機密偵訊。

任職主任、警部補的山咲順一作為山咲小組的組長，與野村鈴相對而坐。

岡田由利在山咲身後，筆直地坐在電腦前做談話記錄。

山咲：「這是一次祕密調查，直到此次特殊案件徹底真相大白為止。妳在這裡屬於『任同』，也就是任意同行，並不是被逮捕了。不過，由於妳與警方正在調查的多起案件有關，作為重要關係人，妳將被限制自由，要在這裡待幾天。」

鈴：「我成了殺人犯嗎？」

山咲：「應該說，岡田刑警免遭金屬球棒毆打，是多虧了妳的幫助。首先應該感謝妳。就算是極真空手道三段，被金屬球棒打中了恐怕也免不了骨折。」

岡田：「那個……我是二段啦。要是三段的話，是厲害到能把全盛期的安東尼奧・豬木（職業摔角選手）打死的啦。」

山咲：「好啦好啦，先不管細節。按照她的證詞，妳伸出手，攤開手掌念了什麼咒語之後，幾個男人的頭頭，那個叫谷本的男人用的金屬球棒就斷成了三截。作為一名刑警的目擊證詞，可信度很高，金屬球棒也確實斷成了三截。根據科學搜查研究所的說法，哪怕是專業的伐木工人，用錘子只砸三下的話，也砸不成那樣。岡田說了，妳用的是『超自然力量』。」

鈴：「什麼是超自然力量？」

山咲：「就是所謂的超能力者、靈能者，以及能製造出超自然現象的人。」

鈴：「我不懂那是什麼。當時我只是向主祈禱而已。至於那種力量是什麼，您不妨問問鏡面玻璃後面那位陰陽師的後人。」

山咲：「妳還會透視？能看到玻璃背後的過足刑警？」

鈴：「除了他，還有名古屋來的刑警，以及職位很高的山崎管理官和搜查一課課長吧？」

鏡面玻璃背後一片驚呼。「看來有點真本事。」管理官說道。

過足刑警則趁勢強調：「我就說這案子最適合由陰陽師來處理吧。」

山咲定了定神，「其實我們手上有三個案子。第一個是廣尾有栖川公園的美國海軍陸戰隊員殺人事件，第二個是台場的運動員殺人事件，第三個是代代木公園殺人事件。唔，目前還不能肯定是殺人案。應該說是死亡事件。而且三個被害人都是壯碩的男人，都在即將對女性性侵的瞬間死亡，就像是被死神帶走了。對此，妳知道些什麼嗎？」

鈴：「山咲先生真是紳士呢。為什麼不乾脆直接問『妳是不是犯人』？」

山咲：「警察不會在沒有證據的情況下，給善良市民扣上殺人犯的帽子。只不過在多摩川的河堤旁，那三個壞小子的頭頭谷本死的實在太突然，感覺那個情形好像跟其他三個案子很相像。」

鈴：「我手上既沒有武器，也不會空手道，可是對方卻在一瞬間死掉了。我畢竟做修女很多年，不可能突然變成殺人鬼。」

山咲：「我知道妳被稱作聖艾格妮絲，也聽說妳身上發生過很多奇蹟。日本憲法規定公民有信教的自由，除非詐欺罪被立案，我們警方原則上不介入教會的內部事務。現代是否存在奇蹟，也不是由警察判定的。」

鈴：「我沒有十八歲以前的記憶。我說自己叫野村鈴，其實我也不知道自己的本名是什麼。我好像在一個雷雨交加的晚上，被四個年輕人侵犯了，但那些犯人到現在還沒被抓起來。如果要找那四個犯人，我也可以協助你們調查。」

山咲：「妳是說要運用妳的超能力來幫我們調查案件嗎？照這麼說，我也當上『東京心靈搜查官』了。」

鈴：「那是什麼？」

山咲：「有部電影叫《惡魔刑事錄》，講的是發生在紐約，用超能力和靈能力協助破獲殺人案的故事。這方面在日本還沒被真正重視，依然推崇證據辦案為主。」

鈴：「不管怎麼說，今天我已經非常累了，能不能先暫時到這邊，剩下的明天以後再說。」

山咲：「ＯＫ。岡田，有沒有為她安排特殊庇護所？」

岡田：「在澀谷附近有個日本銀行的女子宿舍，裡面設置了女性庇護所。因為是在日本銀行宿舍的裡面，沒人知道有警方的相關人員住在那裡，而且日本銀行戒備森嚴，女警換上便服的話進出方便，暴力組織和入室竊盜犯也進不去。」

山咲：「那就讓她去那裡住幾天吧，換洗衣物和飲食之類就交給妳安排了。」

岡田：「收到。」

晚上十一點左右，聖艾格妮絲終於可以放鬆了。身心俱疲的她，真的很想在庇護所裡好好休息。

（十六）

那天晚上，艾格妮絲睡得不安穩。經歷了多摩川岸邊那般駭人的事件，之後又被塞進警車帶走，儘管警察說「不是逮捕」，可是當下被限制了人身自由也是事實，實際上等同於嫌疑犯的待遇了吧。

儘管如此，精疲力盡的艾格妮絲從淩晨一點鐘開始入睡，只是睡不安穩。到了淩晨三點半左右，她緩緩地睜開了眼睛。

就在這時，有人把她牢牢壓在薄被底下，黑色的手掐住了她的脖子。身體動不了，壓在胸腹上的重量十分明顯。掐住她脖子的雙手，右手在喉嚨上方，左手在下方。

「是鬼壓床吧！」艾格妮絲意識到。

她確定自己已經睜開了雙眼，這不是夢。然而，厚重的遮光窗簾被拉開，窗上只遮著一層蕾絲窗簾，朦朧的月光照進房間裡。跨坐在自己身上的是闖進來的壞人嗎？黑色的雙手掐住了自己的脖子，對方的頭部像影子一樣，有軀體，但腰以下是半透明的。

「應該不是人類吧。」她想。

就在這個瞬間，下一秒就出現了男人的聲音。

「妳在暴風雨的夜晚，是不是祈求過『神啊，求求您，殺死那四個混蛋吧！』？」

眼前這個像影子一樣的男人，頭上長著兩隻角，烏黑的眼睛裡帶著些許紅色。還有他的嘴裡，上下分別突出兩顆獠牙。

「我也是神，但很可惜，我是『死神』。妳在名古屋的時候哭喊著向神祈求過，所以我在東京幫妳殺掉了四個男人。那四個人都曾企圖性侵，都是同一種類、沒有任何生存價值的禽獸，被帶去另一個世界也是活該。我會讓他們墮入畜生道，來世轉生成動物。到時候，要麼死在獵人槍下，要麼像豬牛一樣被屠宰吃掉。這樣一來，妳該滿意了吧？這就是妳向神祈求所得到的回應。」

艾格妮絲屏住呼吸，用心靈的聲音回答：

「如果我殺了人，我自會贖罪，沒打算請死神代替我出手。」

死神：「是啊，直到高三為止妳都是模範生。當初妳立志當個律師去幫助弱者對吧？結果怎麼樣？無論是基督教的神也好，耶穌也罷，誰都沒幫妳。妳被撕破水手服，妳固守的貞潔被輪暴奪走了。被四個男人輪暴，那可是一萬個人裡面也沒有一人經歷過的事啊。廣尾殺人案、台場殺人案、代代木公園殺人案再加上昨天的多摩川殺人案，殺死了四個人也不夠解恨吧？妳想不想讓我幫妳殺掉輪暴妳的那四個性侵犯？妳已經付出了失憶的代價。妳失去了家庭，失去了希望，妳剩下的唯有報復心而已吧。」

艾格妮絲：「你應該不是死神。你是惡魔吧？雖然我有一段悲慘的過去，在老櫻花樹被雷擊中昏了過去。但從那以後，我在很多好心人的悉心照顧下醒了過來，還借助神的力量成為名字叫做『艾格妮絲』的修女。神並沒有對我棄之不顧，何況我還擁有了連自己也說不清楚的神祕力量。與宗教相遇，我真的很幸福。」

惡魔：「哎喲，心態還真不錯啊。可是你們親愛的東京大主教閣下，在『嫉妒心』的驅使下，非要污蔑妳的靈能力是從惡魔那裡來的。所以，妳回不去教會了。妳是逃走的吧？從今以後，妳是想當個裝神弄鬼的騙人占卜師，想在花店裡打零工？還是做為四起連續殺人案的兇手被判死刑？不管哪條路，反正都是沒什麼意義的人生。」

艾格妮絲：「你別再說了。我的人生，我自己做主。你是死神也好，惡魔也罷，靈界的存在不能替我做決定。」

惡魔：「妳這個小姑娘，還真是有些許成長啊。可是妳的父親為了尋找失蹤的妳，連大型報社的工作都辭掉了。現在他以自由記者的身分，輾轉在名古屋和東京到處找妳。妳父親叫種田道夫，以前在一家大型報社當主管。他太想妳了，一心只想找到妳，以至於影響到夫妻感情而快要離婚了。妳的弟弟也從高中退學了，靠送報紙、在工地打工賺錢。妳弟弟叫則夫是吧？妳母親伸江原本是教歐式插花的，曾試圖上吊自殺過，但沒成功。現在學生感到心裡毛毛的，沒人願意上她的課了。喔還有，妳父親買了把菜刀隨身帶著呢，打算找妳的時候只要抓到性侵犯就殺了他。」

艾格妮絲：「夠了。我不想聽惡魔說話。我不想聽到耶穌和聖母瑪利亞，以及耶穌所愛的主神以外的聲音。撒旦給我退下！」

夜色漸漸散去，天亮了。

隨著幾下敲門聲，穿便服的女警官送來了早餐。

女警Ａ：「八點我會安排不引人注意的車輛過來，請妳乘坐它去櫻田門。到時候，岡田刑警會來接妳。」

艾格妮絲：「請妳轉告，今天我有話想跟過足道滿刑警說。」

早上七點五十五分，在代官山的日本銀行宿舍附近，一輛廂型車悄然停在路邊。

第二天開始了。

（十七）

偵訊室裡，過足道滿早已等候在那裡。在他身後，岡田由利坐在鐵製辦公桌的電腦前，開始準備做談話記錄。

過足：「謝謝妳指名叫我過來。」

山咲等人在鏡面玻璃後面注視著這一邊的情況。

艾格妮絲：「您能幫助我讓心靈平復下來嗎？我在淩晨三點半遭到死神的攻擊，而且中途死神變成了惡魔，我一點也沒睡好。過足先生應該能幫我理出頭緒吧，畢竟您是京大宗教系畢業的，還是陰陽師的後代。您一定非常瞭解關於靈性方面的事。」

過足：「嗯，我自認為對佛教、神道、基督教、猶太教、伊斯蘭教等宗教都有一定的瞭解。」

艾格妮絲：「邪祟、詛咒之類真的存在嗎？」

過足：「是的，確實存在。其實我的本家在現在的令和時代，依然在做現代的陰陽師。我的父親表面上是神主，私下，他作為蘆屋道滿的第三十六代傳人，會幫人除祟、解咒，還會主持疾病痊癒祈願、結婚祈願之類的儀式。我要是不幹刑警了，會被父親叫回去繼承家業，成為第三十七代傳人。他老說搜查一課經常接觸殺人案，死靈、生靈肯定特別多。」

岡田：「我說道滿刑警，這些話是可以寫進偵訊記錄裡的嗎？我可不想被雜誌寫成什麼『靈感刑警』，你當心被山咲先生罵。」

過足：「好了好了。只是說到我們家的老本行了嘛，我只不過是跟艾格妮絲小姐聊聊真心話，這樣也不行？」

艾格妮絲有些侷促的挪了挪腳。她今天穿了一身黑色的西裝褲裝搭配白色運動鞋。她盯著自己的腳，停頓了一會兒，說：

「那個死神，他說，廣尾、台場、代代木和多摩川那四個人的命，是他奪走的。他還說，因為之前我在名古屋被侵犯後，曾經哭喊過『神啊，求求您，殺死那四個混蛋吧！』，所以他雖然是『死神』，但好歹也是神，就依言殺了四個人。他的話可信嗎？把人當成別人的替身來殺掉這種事真的會有嗎？」

過足：「唔，這讓警察該怎麼辦呢，以殺人罪逮捕死神，這種事只會發生在漫畫的世界裡吧。我更關心的其實是，妳真的可以用意念讓人瞬間死亡？從陰陽師的角度看，這種能力只有安倍晴明那種等級的厲害人物才擁有，根本無法用現代科學來證明其中的因果關係。每具屍體都是翻著白眼、口吐白沫、仰面朝天的倒在地上，很像電影《大法師》裡被惡魔附身的樣子。這部電影完全分不清哪些是真實的，哪些是虛構的。如果那四個企圖性侵的人是死於妳本人的詛咒，那麼他們應該死在車禍、自殺或者火災裡才對吧。」

岡田：「咳咳，道滿君，這裡是警視廳，不是神社喲。」

過足：「不管怎樣，名古屋的四個人和東京的四個人之間的關聯性無法解釋。在名古屋成為修女之前，妳認為遭受集體侵犯這件事，屬於人類的行為嗎？」

艾格妮絲：「或許我的記憶有所偏差。但我想，從那之後在教會裡成為修女，是受到了神的指引。」

過足：「還有其他需要補充的嗎？」

艾格妮絲：「那個死神，或者說令我陷入鬼壓床的惡魔，他說我曾經想當一名律師，父親辭去報社記者的工作，在名古屋和東京尋找我和性侵犯，母親自殺未遂，弟弟高中退學，現在在送報紙。但是天主教說不能在驅魔時聽惡魔的話語，所以當時我一心只想讓他退散。因為一旦己心被蠱惑了，就中了敵人的招。」

過足：「這些情況以及相關人士，警方會去調查的。目前我們掌握的確切證據是，在多摩川岸邊妳想要幫助岡田刑警；當時妳伸出雙手進行了祈禱；隨後第四個人，也就是他們帶頭的，妳讓他手裡的金屬球棒斷成三截，救了岡田刑警；狂怒的他在襲擊妳時，在妳沒使用任何武器也沒讓他受到外傷的情況下，以企圖性侵他人的狀態，突然死亡。還有一點，這個女刑警從頭到尾，親眼目睹了所有的一切。」

艾格妮絲：「果然是神或耶穌救了我嗎？」

過足：「鑑識方面關心的是，為什麼作為物證的金屬球棒會斷成三截。據我所知，歷史上在鎌倉的由比濱，日蓮被當作罪人問斬時，刀竟然斷成了好幾節，使屠刀沒能揮下。這段軼事在《法華經》的《觀音經》中是有所預言的，裡面寫到了法華經的修行者，在即將被斬首時，屠刀將斷成幾段的功德。」

艾格妮絲：「也就是說，我也得到了觀音或者天使的守護？」

過足：「我個人是這麼認為的。但是，現代警察和法官、檢察官，不會採信法律和法律典籍上沒有的東西。我個人的建議是，妳不如解釋成金屬球棒是岡田刑警抬高腿踢斷的，然後她又一拳打中死者的上腹部，致使他猝死；這樣就好辦多了。」

岡田由利刑警終於忍無可忍了，她氣衝衝地把電腦關上，站起來。

岡田：「你這個胡說八道的死和尚！我是殺人犯？我能殺死熊嗎？你當本小姐是外星人？現在，就在這兒，我要殺了你。我倒要看看，極真空手道二段和日本空手道連盟三段哪個更厲害！」

門被匆忙推開，山咲刑警衝進來攔住了他們。管理官感到擔憂，照這樣下去案子要變成懸案了。

（十八）

警察醫院的一名醫生被叫來了。為掩人耳目，預約了大倉飯店的一間房間。艾格妮絲在那裡稍作休息後，頭髮微禿的菊池醫生和山咲、岡田兩名刑警一起走了進來。隨後，身穿毛衣的過足刑警也來了。房間是沉穩的復古風格，陳設著橘黃色的地毯，木質椅子和深茶色沙發，還特地為艾格妮絲準備了沙發床。

一般來說，需要由醫生進行科學診斷，但常規做法不太適用於這次的情況，於是他們決定先讓醫生試試「回溯催眠」，用錄音、錄影的方式把艾格妮絲遺忘的過去保存下來。比起陰陽師的判定，大家更想找出能讓法庭採信的證據。

菊池：「那麼，野村鈴小姐，現在我要對妳實施回溯催眠，嘗試恢復妳的記憶。隨著緩緩地對妳進行催眠，記憶會一點一點回到小時候。請妳放鬆身體，按照我說的做。請過足先生和岡田小姐幫忙用錄音和錄影的方式記錄下來。在隱私保護方面，錄音和影片不會公開。做這些只不過是為了調查妳失憶的原因以及妳到底經歷過什麼。如此作法我已經操作過五百次以上，從來沒有發生事故，妳可以完全相信我。萬一妳感覺不舒服或是發生緊急情況時，我會立刻終止回溯催眠，讓妳恢復如常。」

鈴：「我明白了。那，我該怎麼做？」

菊池：「能否請妳全身放鬆，並三十度仰臥在那邊的沙發上嗎？」

鈴遵照了醫生的指示。負責錄音的道滿刑警和負責錄影的由利刑警不由得有些緊張，醫生朝他們使了個眼色，二人努力讓自己鎮定下來。

換上白袍的菊池醫生動作和緩地從口袋裡掏出一只懷錶。他向前伸出右手，手指捏住鎖扣的那一頭，讓鈴看著圓形錶面。

菊池：「從現在開始，我數到十，在此期間妳會進入深層睡眠。十、九、八、七、六、五、四、三、二、一。好了，妳的眼皮越來越重，妳開始進入深層睡眠。」

隨著引導，鈴進入了睡眠。

菊池：「現在，妳是高三學生。妳在放學回家的路。狂風暴雨、雷電交加的那個晚上，究竟發生了什麼？」

鈴：「我是洛陽高中的三年級學生。那天不用去補習班，下午四點以後，我原本打算回家幫媽媽種田伸江準備晚飯。可是，當我沿著河邊小路往家走時，遇見一個扭傷腳的男學生。他問我，『我家就在附近，能扶我回家嗎？』，然後，他把右手臂搭在我的右肩上，我的左手扶住他的腰，走了大概五十公尺。那棟房子的車庫空著，他說『我家是從車庫裡進去的』，就把我帶進車庫裡面了。」

菊池：「車庫裡還有別人嗎？」

鈴：「有兩個像學生的人。還有一個從背後跟進來，拉下了車庫大門。車庫裡一個燈泡亮著。從那時開始下起雨來。」

菊池：「接下來他們說了什麼嗎？」

鈴：「帶頭的一個留飛機頭的學生說：『不如妳在這裡躲雨吧。』。」

菊池：「他們做了什麼？」

鈴：「關上車庫鐵捲門的男人從背後推了我一把，把我推倒在藍色床墊上。」

菊池：「接著他們對妳做了什麼？」

鈴：「跛腳的學生恢復了正常，說『不能太輕信別人啊，我來代替爸爸處罰你』。說完他要脫我的水手服。我拚命掙扎，然後他們四個人一起上來把我的水手服撕碎了，身上只剩一件襯裙。」

菊池：「只是衣服被脫了嗎？」

鈴：「我聽到有人說『這傢伙還是個處女呢。幫她辦個成人禮吧。』，還聽見有人說一個人僅限三分鐘，從正面、背面侵犯了我。」

說到這裡，鈴的雙眼流下了眼淚。

菊池：「也就是遭受了暴行，對吧？」

鈴：「是的。大概持續了二、三十分鐘。」

菊池：「後來發生了什麼？」

鈴：「我記得自己很痛，流血了。一個男人替我把車庫門拉上去一點，我在滂沱大雨中只穿著襯裙，邊哭邊跑的逃走了。五十公尺左右的一條坡道上，有棵老櫻花樹突然被雷擊中，我昏了過去。醒來已經是三天以後了，我發現自己在教會裡被照顧著。」

菊池：「然後修女艾格妮絲就此誕生了？」

鈴：「是的。」

如此一來，東京與名古屋兩地的事件連成線了。山咲想，接下來的工作跟野山滿刑警的任務是重合的。

菊池：「成為修女之後，妳運用了某種神祕力量嗎？」

鈴：「耶穌和聖母瑪利亞降臨過幾次。耶穌對我說，妳生來就帶有十字架。」

菊池：「那是什麼意思？」

鈴：「我胸前原本有個四國地圖形狀的胎記，耶穌對我說了那番話之後，胎記的形狀就變成了十字架。」

菊池：「於是，聖艾格妮絲就誕生了？」

鈴：「是的。從那以後，發生了很多不可思議的事情。但那並不是我本身的力量。那是信奉耶穌、信仰的力量。」

進行到這裡，回溯催眠先暫時中止。

名古屋和東京的點連接起來，連成了一條線。山咲決定接下來和野山刑警配合，按照警方的辦案流程，調查野村鈴的家庭、學校、交友關係，並勘查現場。

從這以後，她有了「十字架之女」的稱呼，是「奇蹟之女」的別稱。

案情顯然有超自然的現象介入，事件的發展越來越超出了警方的掌控。

（十九）

菊池醫生做完回溯催眠的當天晚上，野山滿刑警回到了名古屋。既然已經掌握了艾格妮絲失蹤時是洛陽高中三年級的學生、母親名字叫做種田仲江、在教會裡成為修女等情況，確認身分應該不難。

野山滿首先找到了失蹤時的高中班導師。她叫堀外久美子，是一名英語老師，現年四十八歲。

堀外：「已經是六、七年前的事了呢。種田妙子這個學生我記得很清楚。她的英語發音非常標準，笑起來的時候露出潔白的牙齒，是個漂亮的孩子。她成績也很好，她說過想考名古屋大學的法律系，將來當個幫助弱者的律師呢。要不是發生了那種事，現在她應該已經從法律系研究所畢業，如願成為律師了吧。」

野山：「她人緣怎麼樣？有沒有人討厭她、欺負她？」

又矮又胖、明顯練過柔道之類的野山刑警，笨手笨腳地在記事本上做著筆記。

堀外：「那是不可能的。她是個清秀又知性的漂亮女孩，對待每一個人都溫柔親切，完全不是會招蜂引蝶，故意擺出傲嬌姿態去勾引男人追求的類型。她不是那種被他人討厭、只知道死讀書的書呆子，而且因為父親是中朝報社記者的關係，她還很有正義感。」

野山：「硬要說一個容易被男人盯上的弱點的話，會是什麼？」

堀外：「應該是同情心吧。她沒辦法漠視可憐的人。比方說，假如她聽到著火的人家傳出孩子的哭聲，她寧可自己被燒傷，或者寧可自己替對方死，也要拼命把孩子救出來。」

野山：「她出於怨恨而做出殺人、傷人等犯罪行為的可能性有多大？」

堀外：「我的直覺認為可能性是零。她擔任過學校花藝社的社長，我還見過她在插花的時候對鮮花說：『花兒呀，要是弄疼你了對不起啊。我想讓大家都看看你有多美』。」

野山：「假設，如果她被陌生男人性侵——對不起，刑警職責所在——她會不會做出因為遭到侵犯而離家出走，或者去修道院當修女之類的事情？」

堀外：「她不是個不負責任的人，一定會找父母或朋友商量。正因如此，我認為她突然失蹤的原因不是學校或家庭內部的問題，一定是遇到了什麼事件或者意外。」

談到這裡，野山請班導師提供了她的幾個男女生朋友的名字，之後也一一去做了調查，感覺上他們的說法跟班導師大同小異。她不是個惹人怨恨的女孩，也不會和男人私奔。野山還得知，她身高大約一百五十八公分，國中時打過軟式網球。

野山又去見了她的母親種田伸江。坦白說，對方看起來比實際年齡老。這些年的操勞全顯現在臉上。她每週兩天教花藝，但學生只有區區三、四個。由於丈夫種田道夫辭掉工作變成自由記者之後收入不穩定，生活上陷入了窘境。妙子的弟弟則夫高一就退學了，正在四處打零工。

伸江：「刑警先生，查到什麼了嗎？」

野山：「已經找到種田妙子了。她沒事。但她目前處於失憶狀態，十八歲以前的事情什麼也不記得了。」

伸江：「我們家人能夠立刻和她見面嗎？」

野山：「由於她跟重大犯罪事件有關，正接受警方調查，所以現在還不行。」

伸江：「像她那樣的孩子，怎麼會跟重大犯罪有關……」

伸江聽到消息，臉色一片蒼白。野山沒提殺人案件的事情，轉而去做下一項工作：勘查現場。

疑似種田妙子遭受集體性侵現場的房子雖然年久失修，倒是還存在著。根據在車庫的勘查結果，鑑識人員判斷，留在藍色床墊上的血跡從出血量來看，不是殺人或者人受傷留下的，而是處女遭受到性侵的痕跡。然而鎖定犯人卻並非易事。此外，距離大約五十公尺處的坡道上，確實有棵遭受過雷擊的老櫻花樹。推測妙子在雨中逃至此處，遇到雷擊昏過去後，失去了記憶。

在大型教會的修女院打聽消息時，野山得知，確實有個年齡相仿的女性曾在這裡獲救、養病，還在修女院幫忙過。看到她現在的照片，有幾個人都認出了就是她。只是救她的那個風雨夜裡，她只穿一條襯裙，不知道她從哪兒來，也不知她是誰。當問到關於聖艾格妮絲的奇蹟時，大家都沉默了。似乎那些事成了教會的祕密，不能輕易告訴世俗的人。

另外一邊，在東京代官山的庇護所裡，種田妙子一一回想起往事。突然發生的集體性侵，想不起來的家人和朋友們，風雨夜的雷擊，成為教會的修女。還有現在，被當成連續殺人案的嫌疑人。

就連東京大主教也無法認同，一個遭受過性侵的女人，竟然可以得到人們如同對聖母瑪利亞一般的信奉。難道自己身上真的存在惡魔的力量？她試著問精通宗教的過足道滿刑警：「女性一旦成了犯罪被害人，是不是就無法遇到神或天使，只能變成被惡魔盯上的魔性之女？」

過足道滿說起了佛教中「蓮華色比丘尼」的傳說。蓮華色比丘尼是釋尊的著名女弟子，卻因為太過美麗，在傍晚時分，托鉢歸來的她被埋伏在庵堂地下的幾個男弟子侵犯了。理所當然的，那幾個男弟子被處以佛教的最高刑罰「還俗」，也就是逐出教門。但是，其他弟子認為蓮華色比丘尼同樣犯了姦淫之罪，強烈要求也讓她還俗。

釋尊靜靜地問蓮華色比丘尼：「妳被男人們侵犯的時候，感受到快感了嗎？」蓮華色回答：「我沒有感受到快感。」聽了這話，釋尊說：

「妳沒有罪過。像往常一樣勤於修行就好。」，並沒有判她違反戒律。後來，蓮華色比丘尼不斷精進，成為了能發揮某種六大神通力的著名比丘尼。故事內容大概是這樣。

之後，道滿還說起了佛教的另外一個著名女弟子。有個稱之為菴摩羅女的比丘尼，她曾是一名高級娼婦，號稱印度第一美女。以現代來看，屬於專門服務政治家和高官們的那一類，非常富有，後來因為感到世事無常而出家。按照現在的說法，她是個單親媽媽，她讓不知親生父親是誰的兒子出家，並將菴羅樹園佈施給教團後，自己也出家了。釋尊接受了她，據說，她與釋尊的對話還被收錄到了佛經裡。按照道滿的見解，聖艾格妮絲與蓮華色比丘尼具有相似之處。

在基督教裡，娼婦瑪利亞曾是耶穌．基督的戀人，也有人說她是耶穌的同居妻子。這件事令首任教皇彼得嫌惡，而且據說叛徒猶大的真實想法，其實是抹大拉的瑪利亞對耶穌那富有獻身精神的愛令他產生了嫉妒。

當他看到抹大拉將昂貴的香膏塗抹到頭髮上，再為耶穌擦腳時，猶大決定背叛耶穌。那個時刻，猶大被惡魔入侵身體了。抹大拉的瑪利亞作為聖女之一，人們還為她建了教堂。

所以，道滿認為重要的是心靈的純淨，以及能否為神佛獻身。

聽了這些，艾格妮絲感覺自己稍微得到了佛陀和基督的寬恕。或許，自己還有重新站起來的機會。

（二十）

多虧野山刑警的奮鬥，大家已經掌握到自由撰稿人種田道夫的蹤跡，在好幾家網咖都有人看到他。

可是同時也傳來了另一則消息：種田發現了侵犯過女兒的四人組裡其中一人的行蹤。四人組裡有一個叫市川五郎，是以品川為據點的暴力組織「本山組」的少當家助理佐藤太作的手下。種田道夫打聽到，市川五郎主要在有暴力組織背景的風俗店負責收保護費，偶爾也幹些把急需用錢的女性仲介到風俗店去的生意。

妙子的父親種田準備撰文，讓「本山組」徹底曝光，但似乎他介入得太深。某個雨天，他去過本山組的地盤上，一間叫「迷你仙杜瑞拉」的陪酒店之後就失去了消息。野山刑警跟山咲他們商量了一下，調查暴力組織需要與組織犯罪對策部門，共同建立專案小組，但是他自己手上還有尚未解決的案件。

對此，山咲主任提議：「第一週先由山咲小組單獨行動。」他認為，四個刑警一起出動的話，應該能把妙子的父親救出來。

然而，由於野山不小心說溜嘴，讓本名種田妙子的艾格妮絲也得知他們已經找到了父親的蹤跡。因為目前還不能斷定她是嫌疑犯，所以決定讓艾格妮絲作為重要關係人兼協助人一起參與行動，由山咲小組負責保護她的安全。

艾格妮絲：「既然是尋找我的父親，請讓我一起去吧。我一定能幫上忙。」

山咲：「不過妳可能會遇到危險。」

艾格妮絲：「這些年是我連累了家人。而且說不定見到了父親，記憶就全部都回來了。」

沒辦法，山咲只好決定讓道滿和由利負責保護艾格妮絲，危險的地方則由自己和野山衝在前面。

忽然，艾格妮絲脫口說出：「父親被監禁在一個名叫『本山不動產』的公司倉庫裡。」之所以答應帶上艾格妮絲，也是因為她想要發揮超能力來幫助偵查。

由利和艾格妮絲留在車裡，其他三人走進了「本山不動產」。沒多久之後，從裡面傳來了槍聲。

岡田：「沒事的，山咲先生在搜查一課是公認槍法最棒的。野山在名古屋，柔道和擒拿術是數一數二的。就連道滿君也是空手道三段，對付四、五個暴徒不成問題啦。」

艾格妮絲：「不行啊。對方有一人手裡有機關槍，要是不管他們，他們三個都會有危險的。相信我，由利小姐，求求妳快帶我進去。」

岡田：「真拿妳沒辦法。那妳就用超能力好了，格鬥交給我們吧。」

兩個女人沿臺階走進了本山組。沒想到裡面戒備森嚴，當然也是因為種田道夫被監禁在這裡。

兩個暴力組織成員已經流血倒地，子彈避開了致命部位，看來是山咲開的槍。另有兩人被打倒在地，應該是野山刑警的傑作。但是，對方還有六個人。似乎本山組的組長本山虎造今天也在裡面的房間。

對方一個人手裡有機關槍、一個有日本刀、一個有手槍，其他人用木刀。

山咲他們似乎跟用機關槍和日本刀的兩個傢伙陷入了膠著，山咲喃喃自語：「果然還是應該把『特殊襲擊部隊』叫來的。」

艾格妮絲平靜地走了過去。

「妳瘋了嗎？」喊出這句話的不是刑警們，而是本山組的成員。

用日本刀的男人率先出手，這次，艾格妮絲讓日本刀斷成了五截。

接下來是機關槍，結果子彈全打偏了，朝牆壁、天花板、窗戶射去。當艾格妮絲抓住機關槍的槍管時，它立刻變得像軟糖一樣，輕易就被折彎了。

暴力組織投降了。拿槍的和用木刀的兩個男人扔掉武器，被戴上了手銬。

艾格妮絲一腳踹開了裡面房間的門，扭住本山組組長的手臂將他往上一扔，他的頭撞到天花板後昏了過去。

父親種田道夫就關在裡面的倉庫裡。

「爸爸，對不起。」艾格妮絲拿掉他嘴裡的布，替父親解開繩子。其餘四人抓住本山組成員，呼叫其他警車和救護車前來支援。

父親需要住院一段時間。山咲小組的四個人，終於全員見識到了艾格妮絲的超能力。跟岡田由利的說法完全一致。

事態看起來進展順利，但是實際上卻並沒有那麼樂觀。有人從對面大樓的窗戶，觀察了整個事件的始末。這個人，就是「MEN IN

ＢＬＡＣＫ　ＪＡＰＡＮ」的前島密男。他把艾格妮絲所做的一切錄影，將影片寄給了防衛省。

當天被逮捕的其中一個組織成員，證實就是在名古屋侵犯過艾格妮絲的四人組裡的其中之一。但那一天，艾格妮絲卻沒能回到代官山的庇護所。

因為，「ＭＩＢＪ」的那幫人從搜查一課把艾格妮絲帶走了。

事情發展到了新的階段。

（二十一）

黑色防彈車迅速地駛入大門。那裡不是防衛省，而是自衛隊的市谷駐屯所。防彈車後面，有好幾輛閃著紅色警燈的警車緊緊追趕著，但不得其門而入。夜幕已然緩緩落下。

前島：「自衛隊的基地連警察也不能隨意進入。妳就在這裡為我們提供協助。」

艾格妮絲：「我還有事情必須要跟搜查一課的人員說。我還要去見我的家人。而且，我自己或許是個罪犯，還要贖罪的。」

在駐屯所的大樓裡繞來繞去，艾格妮絲根本摸不清方向。

她被帶到一個十坪大小的房間。「ＭＩＢＪ」的領導高橋秀樹局長正等在那裡。

高橋：「抱歉用這樣粗暴的方式把妳請來。當前，日本正處於危機之中，根本不是一心追究殺人案的時候。我在防衛省擔任特命情報局長。我知道妳擁有特殊的能力。」

另一個男人走上前來。他是航空幕僚長廣瀨高男，用聖名「聖艾格妮絲」稱呼她。

「不只是ＣＩＡ和ＫＧＢ，連北韓和中國都有派祕密間諜潛入日本。根據我們的調查發現，敵國間諜裡存在超能力者，他們甚至能複製其他超能力者的特殊能力。所以，妳的能力不能在自衛隊的基地以外的地方被人看到。」

此時，一枚從北韓發射而來，升至六千公里高空之後落下，也就是以高飛軌道飛來的洲際導彈，命中了市谷駐屯所裡配置的「新型愛國者三型飛彈」的附近。說「幸好」可能不合適，但還好不是核彈。

儘管如此，基地內已經四處燃起了熊熊大火。

這是緊急狀態。基地大門被打開，數輛消防車和救護車一輛接一輛地開進來。

其中一輛救護車裡，山咲他們四人就隱身在裡面。

他們是奉了警視總監的密令，要把種田妙子從防衛省手中奪回來。該密令也得到了警察廳長官的許可。

山咲：「本山組事件發生後一時亂糟糟的，對方又是防衛省的高官，這才被他們得手了。現在有了警視總監的命令，我們就算是跟自衛隊打起來也要把她搶回來。」

大家異口同聲：「收到！讓他們好看！」

他們帶上頭盔，穿上醫生的白袍，把手槍藏在口袋裡朝火場奔去。不知為何，過足道滿刑警清晰地感覺到艾格妮絲用心靈感應發出的聲音，所以已經確定了艾格妮絲所處的位置。

他們一腳踹開房門。防衛省和自衛隊的人面對穿白袍戴頭盔的他們，錯愕地愣住了。

野山刑警抓住時機一把將高橋局長扔出去，銬上了手銬。岡田刑警一記迴旋踢把前島密男撂倒，跨在他身上銬上手銬。山咲揮舞特殊警棍打中了航空幕僚長的頭部，把他打暈了過去。在場的其他兩個人也被戴上了手銬。

山咲小組的四個人和艾格妮絲鬆了口氣。

「那，我們走吧。」山咲說道。

這時，穿著防彈背心、防毒面具的自衛隊員蜂擁而入，朝他們發射了催淚彈，山咲小組停在原地。自衛隊以為他們就是敵國的祕密情報員，根本沒想到竟然是刑警襲擊了防衛省和自衛隊的高官，透過監視器畫面，他們看到了刑警們的瘋狂舉動。

上百發子彈從兩架機關槍裡掃射出來。過足道滿左眼中彈倒下了，野山滿則是右大腿中了兩槍，也倒了下去。

山咲主任全身被十發子彈打中當場死亡。倒下時，他的右手還握著警察證。

此時，壓低身體躲在一旁的艾格妮絲站了起來。朝岡田由利刑警飛撲過去，右手接住飛來的五發子彈扔到一邊。

就在那一瞬間，岡田由利大喊「我們是警視廳搜查一課的人！」。她朝手拿機關槍的兩個自衛隊員的臉部飛踢過去。然而，原本瞄準由利的其中一發子彈，穿過她的腰下，擊穿了種田妙子的胸部，也就是聖艾格妮絲的胸部。連艾格妮絲也沒發現那顆子彈。

把兩個機關槍隊員踢暈後，岡田由利迅速趕到艾格妮絲的身旁。血已經從她的胸前流出了。

「不能死，不能死啊！」由利一遍又一遍地呼喊著，她撕開艾格妮絲胸前的衣服查看傷口。只見兩個乳房的中間，赫然有個十字架形狀的胎記。

十字架交叉的那一點被子彈擊中了，鮮血汩汩而出。原本已經打進艾格妮絲身體的子彈，逆行著彈出，鏗一聲往右邊滾落。

岡田：「妳不會死的，對不對？」

艾格妮絲：「由利小姐，不能看十字架啊。」

岡田：「啊？是嗎？」

這句話成了由利的最後一句話。她白眼一翻，口吐白沫，向左邊倒了下去。

不過，艾格妮絲知道自己也將死去。因為血實在流得太多了。

「我本來是想救由利小姐的啊。」說完，她的頭垂下了。

此次事件屬於警察廳和防衛省自衛隊之間的爭鬥，不能曝光在媒體和公眾面前。

人們只知道，北韓的洲際導彈奪走了很多人的性命。

首相不知藏身在哪裡，召開記者會的是官房長官間宮弘一。

間宮：「針對本次北韓的暴行，我方提出嚴正抗議。政府希望下一次例行國會時，能夠正式決定在一年之內研發出具備先制攻擊能力的長程導彈。」

此時此刻，間宮還不知道，五十發導彈從中國福建省朝臺灣發射而去，也不知道中國軍隊已經登陸尖閣諸島，一夜之間蓋起了防空、反艦的飛彈基地。

而且他也不知道，從北方領土飛來的俄羅斯空軍轟炸機，正在轟炸札幌。

在北韓、俄羅斯、中國三國同時發動攻擊下，日本政府實際上已經停止了運轉。

與此同時，正在高爾夫球場手握推杆，瞄準第九洞，想要一杆進洞的美國總統歐巴馬伊登，被五十架無人機上的小型導彈炸成了碎片。

美國總統殞命之時，俄羅斯正向英國、德國和法國發射了洲際導彈。

世界陷入了群龍無首的混沌之中。

這時候，聖艾格妮絲和岡田由利的靈魂，正向天上界飛去。

在幸福科學的教祖殿內，總裁大川隆法輕聲說：「艾格妮絲死了啊。」

「她還那麼年輕，就這麼死了。真是遺憾，熾天使。」

深深的沉默籠罩了整個東京。

到處都是烈火硝煙，然而，看上去所有的一切，都像是無聲的世界。

（全文結束）

（二十二）

這件事是在本篇小說完結之後發現的。位於代官山日本銀行宿舍的一角，在那間曾經作為聖艾格妮絲的庇護所的一個房間中，一封寫給艾格妮絲父親的遺書被放在書桌抽屜裡。

《遺書》養育我的父親大人親啟

「您悉心養育了我整整十八年，可是我卻只能用這樣的方式向您傾吐心聲。您可以嘲笑您這可悲的女兒。我無論如何也要救出父親。相信我一定能做到。但是，當您讀到這封遺書的時候，我應該已經不再是這世界的人了。

過去，我被牽扯進好幾個事件裡，想必類似的事情將來還會發生。這是我的命運，當命運到了盡頭之際，也是我的能力和使命終結之時。

簡而言之。

高三的那一天，我遇到一個扭傷腳的男生，我扶著他，把他送回了他附近的家。那時，天空開始滴滴答答下起雨來。當我把他送進敞開門的車庫時，裡面空蕩蕩的，我落入了四個年輕男人設下的陷阱。車庫鐵捲門一落下，他們四人就一個一個的侵犯了我。我被四個人輪暴，失去了處女之身。我又痛苦又羞恥，甚至想過乾脆死了算了。三十分鐘後，他們讓我離開，所以儘管我感到無地自容，還只穿著一件襯裙，渾身濕透地跑向了坡道。天空中雷電交加，大顆大顆的雨珠砸在我身上，我向神祈求『殺了那四個男人吧！』。就在那時，附近一棵老櫻花樹被雷擊中，我失去了意識。三天後，我醒來發現自己在教會的修女院裡被照顧著。或許是因為打擊過大，我失憶了，所以我接受了他們給予我的聖名『艾格妮絲』。此後的幾年中，我販賣聖經，做餅乾換取捐款，還去義賣會幫忙。有天晚上，耶穌站在枕邊對我說：「艾格妮絲啊，重生吧。我將賜予妳堪比『聖痕』的『十字架痕』。妳胸前的胎記將變成十字架的形狀，妳將作為我的代理人活下去。將來雖不會再遭受暴行，但是，代價就是無法結婚，只能作為修女終此一生。因為，任何看見妳雪白胸口上的十字架的人，都會死去。不過，那並不是惡魔的力量。那是為了向現代人傳達我的心情——為拯救人類而甘願被釘上十字架的心情。十字架，意味著『死和重生』。」

從那以後，在名古屋發生了很多奇蹟，對此十分訝異的大主教伊格納西奧把我召去了東京。他說『要親自分辨到底是惡魔的力量還是神的力量』。

我遵從召喚，抵達了東京車站。然而我為了逃避，在公園和很多地方四處流浪。那段時間，在有栖川公園、台場和代代木公園等地方，我又差一點被男人們侵犯。

然而當他們扯開我胸前的衣服，看到十字架痕的瞬間，一個接一個的翻白眼、口吐白沫的死掉了。

結果，我成了被搜查一課幾位刑警懷疑的連續殺人犯。那時，我在酒館和花店打工，把自己藏了起來。但是我發揮奇蹟力量的情形，被防衛省的『ＭＩＢＪ』（日本星際戰警）發現，於是他們又想把我當成工具，去找國外滲透進來的間諜。不管怎麼說，我沒有拯救國難的使命，最終應該會在爭鬥中死去。『ＭＩＢＪ』的人們應該是想利用我的預知能力和隔空殺人能力吧。

可是身為修女，在信仰中死去才是我的本意。

父親大人，請原諒，您如此悉心地養育我，可是女兒卻變成了Ｘ戰警那樣的怪物。在不久的將來，不少人會死去。但我無能為力，我拯救不了這個國家。

真正的救世主是存在的。我不過是一個預兆罷了。

最後我想說，希望母親大人和弟弟能夠幸福地活下去。

雖然遭到命運幾番捉弄，只要此生我能向世間傳達神是真的存在，

就是我的幸福。」（聖艾格妮絲）

信就寫到了這裡。

聖艾格妮絲還不知道，自己是最高級別的大天使，是四位熾天使之一。

她的工作，或許是歸天之後才正式開始。

在一步步邁向滅亡的日本，一位大天使降臨於世，在罪與寬恕之中發揮超自然力量，最終香消玉殞。這無異於向過於唯物論的世間投入了一顆石頭，同時也是耶穌向不相信奇蹟的教會當中的人們給予的指引。

希望借此，能將「逆境中的光明」傳播開來。

（完）

大川隆法描繪的小說世界・新感覺之靈性小說

《小說 十字架の女》是宗教家・大川隆法先生全新創作的系列小說。謎樣的連續殺人事件、混亂困惑的世界、嶄新的未來、以及那跨越遙遠時空——。

描繪一名「聖女」多舛的運命，新感覺之靈性小說。

小說 十字架の女②〈復活編〉

即將出版！

混亂迷惑的世界

祈禱與奇蹟

嶄新的未來

終結與起始

小說 十字架の女③〈宇宙編〉

即將出版！

聖女一路曲折終於抵達

「嶄新且未知的世界」

前方等著的是——。

◆◆◆ 大川隆法「法系列」◆◆◆

太陽之法

邁向愛爾康大靈之路

法系列
第**1**卷

定價400元

基本三法的第一本

本書明快地述說了創世紀、愛的階段、覺悟的進程、文明的流轉，並揭示了主・愛爾康大靈的真實使命，同時也是佛法真理的基本書。《太陽之法》目前已有23種語言的版本，更是全球累計銷售突破1000萬本的暢銷作品。

第一章　太陽昇起之時
第二章　佛法真理的昇華
第三章　愛的大河
第四章　悟之極致
第五章　黃金時代
第六章　愛爾康大靈之路

現代武士道
從平凡出發

正是在這不安、混亂的時代，就越是要以超越私利私欲的勇氣之姿迎戰。
本書清楚究明淵源流長的武士道，並訴說不分東西，自古延續至今的武士道精神——貫徹「真劍勝負」、「一日一生」、「誠」的精神。

第一章　武士道的根本—武士道的源流
第二章　現代武士道
第三章　現代武士道 回答提問

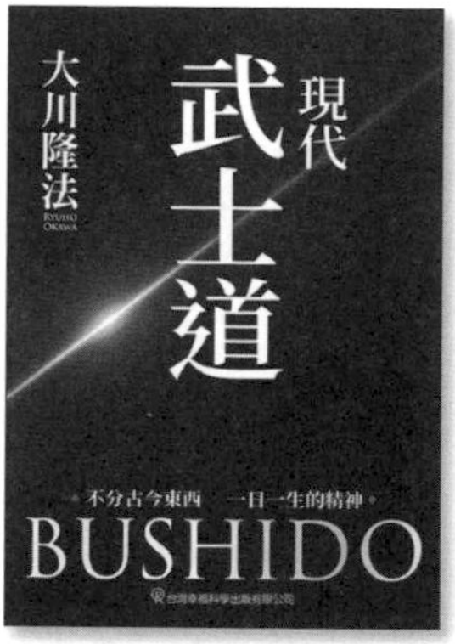

定價380元

現代武士道

天御祖神的降臨
記載在古代文獻《秀真政傳紀》中的創造神

三萬年前，日本文明早已存在——？！回溯日本民族之起始，超越歷史定論，究明日本的根源、神道的祕密，以及與宇宙的關係。揭開失落的日本超古代史的「究極之謎」！

PART Ⅰ　天御祖神的降臨 古代文獻《秀真政傳紀》記載之創造神
第1章　天御祖神是何種存在
第2章　探索日本文明的起源
　　　天御祖神的降臨
PART Ⅱ《天御祖神的降臨》講義
第1章　《天御祖神的降臨》講義
　　　—日本文明的起源為何？—
第2章　提問與回答 —探索日本與宇宙的祕密—

定價380元

天御祖神的降臨

大川隆法暢銷書．愛．信仰．死後的世界

重生
從平凡出發

重生

定價380元

祈念本書能成為——追求覺悟之青年、後進的年輕世代，其人生的指標！
本書以半自傳方式回顧大川隆法先生的學習經歷，並闡明自身想法的淵源，以及描述創建「幸福科學」的歷程，以進一步將真理弘揚世界各地。書中，超越時空的智慧將給予讀者無限啟發，並協助讀者們找尋自身的人生使命。

第一章　從平凡出發
第二章　獨立的精神
第三章　多樣的價值觀
第四章　未知的佛神
第五章　存在與時間
第六章　達到非凡的愛的高度
第七章　信仰的勝利

以愛跨越憎恨
推動中國民主化之
日本與台灣的使命

以愛跨越憎恨

定價350元

這不僅是一本精闢剖析共產主義、極權主義的現代政治啟蒙書，更是為了遏止第三次世界大戰在亞太地區爆發，身為亞洲人必讀的一本書！

第一章　以愛跨越憎恨
第二章　「人類的幸福」與「國家」
　　　　—提問與回答—
第三章　「自由、民主、信仰」將拯救世界—「毛澤東的靈言」講義—
第四章　答覆加拿大民運人士的提問

佛陀再誕

佛陀再誕

留給緣生弟子們的訊息

定價420元

優曇花三千年僅綻放一次，同一時代只有一位佛陀降臨世間。是時候了！齊聚於再誕的佛陀身旁，聆聽佛陀的金口直言，拯救現代的社會！這是佛陀再臨，給予摯愛的弟子們的話語。用詞簡單、詩句形式包含智慧話語。翻閱本書，靈魂將不再飢渴，也將喚醒你選擇於與佛陀同一時代生而為人的原由。聆聽永恆導師的話語，喚醒你的使命！

第一章　我再誕
第二章　叡智之言
第三章　勿做愚氓
第四章　政治和經濟
第五章　忍耐和成功
第六章　何謂輪迴轉生
第七章　信仰與建設佛國之路

不動心

不動心

跨越人生苦難的方法

定價360元

這是一本教導人們如何獲得真正的自信、構築偉大人格的指引書。積蓄的原理、與苦惱的對決法等，訴說著讓人生得著安定感的體悟心語。

第一章　人生的冰山
第二章　積蓄的原理
第三章　與苦惱的對決
第四章　惡靈諸相
第五章　與惡靈的對決
第六章　不動心

真正的驅魔師

為了保護自己遠離惡靈或惡魔，從面對惡靈的基礎對策到驅魔的祕密儀式，你該知之事、當為之事。

第一篇　現代的驅魔師
第二篇　真正的驅魔師
第1章　靈障對策的基本——從基礎知識到實踐方法——
第2章　真正的驅魔師——打敗惡魔的終極力量——
第3章　作為宗教的專業驅魔師——「真正的驅魔師」的問與答——

真正的驅魔師

定價380元

惡魔討厭的事

為了守護自己與心愛之人免於惡魔影響！擺脫那些想要動搖、迷惑正直人們的存在，本書闡明其真相、手段，並提出克服的方法。

第1章　惡魔討厭的事
第2章　怨靈的產生
第3章　惡魔的真面目與看破之法

惡魔討厭的事

定價360元

永恆生命的世界

死亡後的真實樣貌

死亡並非是永遠的別離，
死亡是人結束了地上界的旅程，
回到本來的世界……

第一章　死亡之下，人人平等
第二章　人死之後，靈魂何去何從？
　　　　（提問與回答）
第三章　腦死與器官移植的問題點
第四章　供養祖先的靈性真相
第五章　永恆生命的世界

永恆生命的世界

定價380元

靈界散步

步向光彩絢麗的新世界

人的一生，都將面對終末之時，當靈魂離開肉體之際，即將展開的是，前往靈界的旅程……

第一章　靈界的啟程
第二章　死後的生活
第三章　不可思議的靈界
　　　　（質疑之問與答）
第四章　最新靈界情況

靈界散步

定價380元

大川隆法暢銷作品 · 心與身的健康指南

奇蹟的癌症克服法
喚醒你未知的強大自癒力

醫學如此進步之下，
為何癌症患者仍持續增加？
本書詳細闡明了患病的心理機制。
推薦給想好好照顧自己的人。

第一章　奇蹟的健康法
第二章　奇蹟的療癒力量
第三章　消滅癌症之道
第四章　疾病靈性解讀（Q&A）

奇蹟的癌症克服法

定價380元

瞑想的極致
奇蹟的神祕體驗

「我認為人們要追求幸福，
瞑想雖非屬積極，
但可謂是重要的方法之一。」

第一章　瞑想的極致
第二章　「瞑想的極致」講義
第三章　「瞑想的極致」之提問與解答
第四章　「幸福瞑想法」講義
第五章　「幸福瞑想法」之提問與解答

瞑想的極致

定價380元

大川隆法暢銷作品．心的健康指南

I'm Fine!
清爽活出真實自己的七個步驟

不要猜忌他人，不要疑慮重重，不要活在深深的自卑感，或者感傷悲苦的情緒當中，應該要開朗、樸實、單純。即使遭遇了背叛、遇見了騙子，也要泰然自若地說：「那點小事，何足掛齒。」
此刻，開始過著沒有罣礙的清爽生活！

STEP 1　更簡單、更清爽
STEP 2　即使失敗了也不要厭惡自己
STEP 3　如何建立不易崩潰的自信
STEP 4　做一個不屈不撓的人
STEP 5　有影響力的人須留意之事
STEP 6　前進的勇氣
STEP 7　改變自己而發光的人與隨波逐流的人

定價380元

I'm Fine!

How About You?
招喚幸福而來的愛

越是愛，就會變得越執著。
越是愛，獨占欲就會更加萌發。自己所愛之人，如果對自己以外的人示好，那麼忌妒心就會被激發。正因為有愛，才會想要獨占，才會產生嫉妒！但是，如果你充滿了嫉妒，現在的你就不快樂。

Part 1　你受過愛的愚弄嗎？
Part 2　你的愛是真的嗎？
Part 3　你的心清爽嗎？

定價380元

How About You?

大川隆法・靈言・靈查系列

「中華民國」首屆總統 蔣介石的靈言

守護日本與亞洲和平的國家戰略

毛澤東的對手蔣介石
從天上界傳來的緊急訊息。
粉碎親中派的幻想，
揭露「歷史的真相」與「中共的真面目」。

這才是真實的歷史，蔣介石大解密！
現今民主國家陣營應該要如何建構，
同時揭曉！！

定價350元

「中華民國」首屆總統 蔣介石的靈言

台灣前總統李登輝歸天後的首次發言

逝後三日，緊急收錄公開靈言
粉碎中共的野望，守護世界的自由

「現今，香港危機、台灣危機、
尖閣和沖繩的危機正迫在眉睫。
日本啊！要做個像樣的國家！」
——李登輝前總統的聲音
正迴盪於世間。

定價300元

台灣前總統 李登輝歸天後的首次發言

HAPPY SCIENCE

幸福科學集團介紹

幸福科學透過宗教、教育、政治、出版等活動，以實現地球烏托邦為目標。

幸福科學

一九八六年立宗。信仰的對象為地球靈團至高神「愛爾康大靈」。幸福科學信徒廣布於全世界一百多個國家，為實現「拯救全人類」之尊貴使命，實踐著「愛」、「覺悟」、「建設烏托邦」之教義，奮力傳道。

愛

幸福科學所稱之「愛」是指「施愛」。這與佛教的慈悲、佈施的精神相同。信眾透過傳遞佛法真理，為了讓更多的人們能度過幸福人生，努力推動著各種傳道活動。

覺悟

所謂「覺悟」，即是知道自己是佛子。藉由學習佛法真理、精神統一、磨練己心，在獲得智慧解決煩惱的同時，以達到天使、菩薩的境界為目標，齊備能拯救更多人們的力量。

建設烏托邦

我們人類帶著於世間建設理想世界之尊貴使命，而轉生於世間。為了止惡揚善，信眾積極參與著各種弘法活動。

入會介紹

在幸福科學當中，以大川隆法總裁所述說之佛法真理為基礎，學習並實踐著「如何才能變得幸福、如何才能讓他人幸福」。

入會

想試著學習佛法真理的朋友

若是相信並想要學習大川隆法總裁的教義之人，皆可成為幸福科學的會員。入會者可領受《入會版「正心法語」》。

三皈依誓願

想要加深信仰的朋友

想要做為佛弟子加深信仰之人，可在幸福科學各地支部接受皈依佛、法、僧三寶之「三皈依誓願儀式」。三皈依誓願者可領受《佛說・正心法語》、《祈願文①》、《祈願文②》、《向愛爾康大靈的祈禱》。

幸福科學於各地支部、據點每週皆舉行各種法話學習會、佛法真理講座、經典讀書會等活動，歡迎各地朋友前來參加，亦歡迎前來心靈諮詢。

台北支部精舍
台北市松山區敦化北路 155 巷 89 號

幸福科學台灣代表處
台北市松山區敦化北路 155 巷 89 號
02-2719-9377
taiwan@happy-science.org
FB：幸福科學台灣

幸福科學馬來西亞代表處
No 22A, Block 2, Jalil Link Jalan Jalil Jaya 2, Bukit Jalil 57000, Kuala Lumpur, Malaysia
+60-3-8998-7877
malaysia@happy-science.org
FB：Happy Science Malaysia

幸福科學新加坡代表處
477 Sims Avenue, #01-01, Singapore 387549
+65-6837-0777
singapore@happy-science.org
FB：Happy Science Singapore

小說　十字架の女①〈神祕編〉

小說　十字架の女①〈神祕編〉

作　　者／大川隆法
翻　　譯／幸福科學經典翻譯小組
封面設計／Lee
內文設計／顏麟驊

出版發行／台灣幸福科學出版有限公司
104-029 台北市中山區中山北路三段 49 號 7 樓之 4
電話／ 02-2586-3390　傳真／ 02-2595-4250
信箱／ info@irhpress.tw
法律顧問／第一法律事務所　余淑杏律師

總 經 銷／旭昇圖書有限公司
235-026 新北市中和區中山路二段 352 號 2 樓
電話／ 02-2245-1480　傳真／ 02-2245-1479

幸福科學華語圈各國聯絡處／
台　　灣　taiwan@happy-science.org
地址：台北市松山區敦化北路 155 巷 89 號（台灣代表處）
電話：02-2719-9377
官網：http://www.happysciencetw.org/zh-han
香　　港　hongkong@happy-science.org
新 加 坡　singapore@happy-science.org
馬來西亞　malaysia@happy-science.org
泰　　國　bangkok@happy-science.org
澳大利亞　sydney@happy-science.org

書　　號／978-626-96235-4-9
初　　版／2022 年 8 月
定　　價／380 元

國家圖書館出版品預行編目 (CIP) 資料

小說 十字架の女. 1, 神祕編／大川隆法作；幸福科學經典翻譯小組翻譯. -- 初版. -- 臺北市：台灣幸福科學出版有限公司，2022.8
176 面；13×19 公分

ISBN 978-626-96235-4-9（精裝）

861.57　　111009863

廣	告	回	信
台北郵局登記證			
台北廣字第5433號			
平			信

IRH Press Taiwan Co., Ltd.
台灣幸福科學出版有限公司

104-029 台北市中山區中山北路三段49號7樓之4
台灣幸福科學出版　編輯部　收

請沿此線撕下對折後寄回或傳真，謝謝您寶貴的意見！

大川隆法 Ryuho Okawa

小說

十字架の女①〈神祕編〉

台灣幸福科學出版有限公司

小説　十字架の女①〈神祕編〉
讀者專用回函

非常感謝您購買《小說　十字架の女①〈神祕編〉》一書，
敬請回答下列問題，我們將不定期舉辦抽獎，
中獎者將致贈本公司出版的書籍刊物等禮物！

讀者個人資料　　**※本個資僅供公司內部讀者資料建檔使用，敬請放心。**

1. 姓名：　　　　　　　　性別：□男　□女
2. 出生年月日：西元　　　　年　　　　月　　　　日
3. 聯絡電話：
4. 電子信箱：
5. 通訊地址：□□□-□□
6. 學歷：□國小 □國中 □高中／職 □五專 □二／四技 □大學 □研究所 □其他
7. 職業：□學生 □軍 □公 □教 □工 □商 □自由業□資訊 □服務 □傳播 □出版 □金融 □其他
8. 您所購書的地點及店名：
9. 是否願意收到新書資訊：□願意　□不願意

購書資訊：

1. 您從何處得知本書的訊息：（可複選）□網路書店　□逛書局時看到新書　□雜誌介紹
   □廣告宣傳　□親友推薦　□幸福科學的其他出版品　□其他
2. 購買本書的原因：（可複選）□喜歡本書的主題　□喜歡封面及簡介　□廣告宣傳
   □親友推薦　□是作者的忠實讀者　□其他
3. 本書售價：□很貴　□合理　□便宜　□其他
4. 本書內容：□豐富　□普通　□還需加強　□其他
5. 對本書的建議及讀後感
6. 盼望您能寫下對本公司的期望、建議…等等。

IRH Press Taiwan Co., Ltd.
台灣幸福科學出版有限公司